Von Agatha Christie sind erschienen:

Das Agatha Christie Lesebuch
Agatha Christie's Miss Marple
   Ihr Leben und ihre Abenteuer
Agatha Christie's Hercule Poirot
   Sein Leben und seine Abenteuer
Alibi
Alter schützt vor Scharfsinn nicht
Auch Pünktlichkeit kann töten
Auf doppelter Spur
Der ballspielende Hund
Bertrams Hotel
Die besten Crime-Stories
Der blaue Expreß
Blausäure
Das Böse unter der Sonne
   oder Rätsel um Arlena
Die Büchse der Pandora
Der Dienstagabend-Club
Ein diplomatischer Zwischenfall
Dreizehn bei Tisch
Elefanten vergessen nicht
Die ersten Arbeiten des Herkules
Das Eulenhaus
Das fahle Pferd
Fata Morgana
Das fehlende Glied in der Kette
Ein gefährlicher Gegner
Das Geheimnis der Goldmine
Das Geheimnis der Schnallenschuhe
Das Geheimnis von Sittaford
Die großen Vier
Das Haus an der Düne
Hercule Poirots größte Trümpfe
Hercule Poirot schläft nie
Hercule Poirots Weihnachten
Karibische Affaire
Die Katze im Taubenschlag
Die Kleptomanin
Das krumme Haus
Kurz vor Mitternacht
Lauter reizende alte Damen
Der letzte Joker
Die letzten Arbeiten des Herkules
Der Mann im braunen Anzug
Die Mausefalle und andere Fallen

Die Memoiren des Grafen
Mit offenen Karten
Mörderblumen
Mördergarn
Die Mörder-Maschen
Mord auf dem Golfplatz
Mord im Orientexpreß
Mord im Pfarrhaus
Mord im Spiegel
   oder Dummheit ist gefährlich
Mord in Mesopotamien
Mord nach Maß
Ein Mord wird angekündigt
Die Morde des Herrn ABC
Morphium
Nikotin
Poirot rechnet ab
Rächende Geister
Rotkäppchen und der böse Wolf
Ruhe unsanft
Die Schattenhand
Das Schicksal in Person
Schneewittchen-Party
Ein Schritt ins Leere
16 Uhr 50 ab Paddington
Der seltsame Mr. Quin
Sie kamen nach Bagdad
Das Sterben in Wychwood
Der Tod auf dem Nil
Tod in den Wolken
Der Tod wartet
Der Todeswirbel
Tödlicher Irrtum
   oder Feuerprobe der Unschuld
Die Tote in der Bibliothek
Der Unfall und andere Fälle
Der unheimliche Weg
Das unvollendete Bildnis
Die vergeßliche Mörderin
Vier Frauen und ein Mord
Vorhang
Der Wachsblumenstrauß
Wiedersehen mit Mrs. Oliver
Zehn kleine Negerlein
Zeugin der Anklage

Agatha Christie

Der unheimliche Weg

Scherz
Bern   München   Wien

Überarbeitete Fassung der einzig berechtigten Übertragung
aus dem Englischen
Titel des Originals: »Destination Unknown«
Schutzumschlag von Heinz Looser
Foto: Thomas Cugini

22. Auflage 1994, ISBN 3-502-51476-3
Copyright © 1954, 1955 by Agatha Christie
Gesamtdeutsche Rechte beim Scherz Verlag Bern und München
Gesamtherstellung: Ebner Ulm

1

Der Mann hinter dem Schreibtisch zeigte jenes blasse Aussehen, das Menschen eigen ist, die meist bei künstlicher Beleuchtung arbeiten. Sein Alter war schwer zu schätzen. Das glatte, jugendliche Gesicht paßte nicht recht zu den müde und gleichgültig blickenden Augen.

Der andere Mann, der sich mit ihm im Zimmer befand, wirkte älter, doch schien er im Gegensatz zu ersterem von einer inneren Rastlosigkeit beherrscht zu werden. Das zeigte sich in der Art, wie er ruhelos auf und ab schritt.

»Diese Berichte!« brach es aus ihm heraus. »Berichte, Berichte, Berichte – wie Sand am Meer und keiner darunter, der was taugt.«

Der Mann am Schreibtisch blickte in die aufgeschlagene Akte, die vor ihm lag. Seine Hand spielte mit einer Kartei, welche die Aufschrift trug: »Betterton, Thomas Charles.« Dann folgte ein Fragezeichen.

Der Mann seufzte leicht.

»Die Berichte sind also unbrauchbar?« fragte er.

Der andere zuckte die Achseln.

»Wer kann das mit Bestimmtheit sagen? Da sind Berichte aus Rom, andere aus der Touraine; an der Riviera hat man ihn gesehen, in Antwerpen soll er aufgetaucht sein; in Oslo wurde er erkannt, in Biarritz bemerkt; in Straßburg soll er sich verdächtig benommen haben; in Ostende wurde er mit einer bildschönen Blondine gesichtet; in Brüssel soll er mit einem Hund spazierengegangen sein. Ich wundere mich nur, daß nicht behauptet wird, er sei in einem Zoo gewesen, Arm in Arm mit einem Zebra. Aber ich denke, daß wir uns auch darauf noch gefaßt machen müssen.«

»Und Sie selbst, Wharton? Haben Sie sich kein Urteil gebildet?«

Oberst Wharton schüttelte den Kopf und setzte sich mit einer heftigen Bewegung auf die Armlehne eines Sessels.

»Wir müssen ihn finden«, sagte er eindringlich, »wir

können es uns einfach nicht leisten, beinahe jeden Monat einen bedeutenden Wissenschaftler zu verlieren, ohne zu wissen, warum er geht und wohin er geht. Haben Sie in den amerikanischen Blättern all das Zeug über Betterton gelesen?«

Der Mann hinter dem Schreibtisch nickte.

»Vor dem Krieg war er als Physiker tätig, leistete aber zunächst nichts Hervorragendes. Er wurde Mannheims Assistent, als dieser nach Amerika geflüchtet war, und hatte schließlich dessen Tochter geheiratet. Nach Mannheims Tod machte er sich selbständig und wurde über Nacht berühmt durch die sensationelle Entdeckung der ZE-Spaltung. Er hatte eine glänzende Laufbahn vor sich. Seine Frau war allerdings bald nach der Heirat gestorben, was ihn schwer traf. Dann kam er nach England und lebte die letzten achtzehn Monate in der Atomstation Harwell. Vor ungefähr sechs Monaten hat er zum zweiten Mal geheiratet.«

»Wer ist diese zweite Frau?« frage Wharton gespannt.

»Die Tochter eines kleinen Anwalts. Vor ihrer Heirat arbeitete sie in einem Versicherungsbüro. Soviel wir festgestellt haben, interessiert sie sich nicht für Politik.«

»ZE-Spaltung«, wiederholte der Oberst düster, »zum Teufel mit diesen Fachausdrücken. Ich bin altmodisch, ich verstehe nicht mal, was ein Molekül ist, aber heutzutage spalten sie sogar das Universum. Und Betterton war einer der Hauptspalter.«

»Er war ein ganz liebenswürdiger Mensch. Aber inzwischen hat er nichts Epochemachendes mehr entdeckt. In letzter Zeit beschäftigte er sich hauptsächlich mit den Verwertungsmöglichkeiten der ZE-Spaltung.«

Beide Männer schwiegen eine Weile.

Dann fragte Wharton: »Haben Sie die Frau vernommen?«

»Ja, mehrmals.«

»Hatten Sie den Eindruck, daß sie etwas weiß?«

»Nein. Jedenfalls tut sie so, als ob sie nichts wüßte. Angeblich glaubt sie an eine Entführung.«

»Glauben Sie ihr das?«

»Ich pflege niemandem zu glauben«, versetzte der andere bitter.

»Nun«, sagte Wharton langsam, »irgendeine Meinung müssen Sie sich doch über sie gebildet haben.«

»Ach, sie scheint nichts Besonderes zu sein, so ein Typ, der sich nur für Bridge interessiert. Sie ist mir übrigens vorhin gemeldet worden.«

Wharton nickte verständnisvoll und ging aus dem Zimmer.

Der andere hob den Hörer ab und sagte:

»Schicken Sie jetzt bitte Mrs. Betterton herein.«

Kurz darauf betrat Mrs. Betterton das Zimmer. Sie war groß und mochte etwa 27 Jahre alt sein. Das Auffallendste an ihr waren ihre rotbraunen Haare. Unter dieser wundervollen Haarfülle wirkte das Gesicht ziemlich uninteressant. Sie hatte blaugrüne Augen mit den bei Rothaarigen häufig anzutreffenden hellen Wimpern. Sie setzte sich in den angebotenen Sessel und begann ziemlich erregt:

»Oh, Mr. Jessop, haben Sie Nachricht von meinem Mann?«

Er schüttelte den Kopf und erwiderte liebenswürdig:

»Es tut mir sehr leid, Mrs. Betterton, daß wir Ihnen immer noch nichts Bestimmtes mitteilen können.«

Olivia Betterton sagte schnell: »Ich weiß, das stand ja auch in Ihrem Brief. Aber ich hab's zu Hause einfach nicht mehr ausgehalten. Immer grübeln und nachdenken und nichts tun können – das ist unerträglich.«

Der Mann, den sie mit Mr. Jessop angeredet hatte, sagte in seiner halb sanften, halb feierlichen Art:

»Nehmen Sie es mir bitte nicht übel, Mrs. Betterton, wenn ich Sie immer und immer wieder dasselbe frage. Aber vielleicht ist Ihnen nachträglich noch das eine oder andere eingefallen. Sie haben Ihren Mann also am 23. August zum letzten Mal gesehen?«

»Ja. Das war, als er England verließ, um an einer Konferenz in Paris teilzunehmen.«

Jessop fuhr rasch fort: »An den beiden ersten Tagen war er auf der Konferenz. Am dritten Tag erschien er nicht mehr. Haben Sie sich darüber gewundert?«

»Ja, ziemlich«, entgegnete sie, »denn ich dachte, die Konferenz sei ihm sehr wichtig.«

»Nun also, am Abend dieses Tages kam er nicht in sein Hotel. Wie wir feststellten, kann er nicht über die Grenze gegangen sein, zum mindesten nicht mit seinem eigenen Paß. Hatte er vielleicht einen zweiten Paß, der auf einen anderen Namen ausgestellt war?«

Sie schüttelte energisch den Kopf.

»Nein, das glaube ich nicht. Nie wäre er freiwillig fortgegangen. Aber vielleicht – vielleicht ist ihm etwas zugestoßen –, oder vielleicht hat er gar sein Gedächtnis verloren und irrt irgendwo umher.«

»Kam er Ihnen in der letzten Zeit vor seinem Verschwinden besorgt oder bedrückt vor, Mrs. Betterton?«

»Nichts dergleichen«, sagte sie mit bebender Stimme und griff nach ihrem Taschentuch, »das alles ist so schrecklich« – ihre Stimme brach – »er wäre doch nie fortgegangen, ohne mir Lebewohl zu sagen – sicher hat man ihn entführt. Manchmal fürchtete ich, daß man ihn umgebracht hat.«

»Aber liebe Mrs. Betterton, dann hätte man doch seine Leiche finden müssen.«

»Nicht unbedingt. Heutzutage passieren schließlich die schrecklichsten Dinge. Vielleicht hat man ihn getötet und dann ins Wasser geworfen. In Paris ist alles möglich.«

»Liebe Mrs. Betterton, Paris hat eine sehr gute Polizei.«

Sie nahm das Taschentuch von den Augen und starrte ihn zornig an.

»Ich weiß genau, was Sie denken. Tom soll Geheimnisse verkauft oder verraten haben. Aber er war kein Kommunist. Er war ein hervorragender Gelehrter, das ist alles.«

»Das war er. Und vielleicht liegt hier des Rätsels Lösung. Vielleicht hat ihn sein Forschertrieb veranlaßt, dieses Land zu verlassen und anderswohin zu gehen.«

»Es kann aber nicht wahr sein«, rief sie schluchzend, »das behaupten die Zeitungen, und darum werde ich immer wieder ausgefragt. Nie wäre er ohne Abschied von mir gegangen.«

Jessop erhob sich.

»Verzeihen Sie, Mrs. Betterton, daß wir Sie so quälen müssen. Seien Sie versichert, daß wir alles tun, um über das Schicksal Ihres Mannes etwas zu erfahren. Fast jeden Tag laufen Berichte ein –«

»Berichte?« fragte sie schnell. »Was für Berichte?«

Er zuckte die Achseln.

»Nichts von Belang.«

Dann beugte er sich über einen Streifen Papier, der vor ihm lag.

»Ihr Mann erhielt kurze Zeit vor seinem Verschwinden den Besuch einer Mrs. Speeder aus Amerika. Warum hat sie ihn aufgesucht?«

»Sie hatte irgendwas mit der UNO zu tun. Sie rief bei uns an und wollte mit uns zu Mittag essen. Aber es kam nicht dazu.«

»Doch, es kam dazu, aber Sie waren nicht dabei.«

»Was?« fragte sie und erstarrte.

»Am 12. August speiste sie mit Ihrem Mann im Hotel Dorset. Haben Sie seitdem eine Veränderung an ihm bemerkt?«

»Nein, nicht die geringste.«

Jessop seufzte. Ein leises Summen ertönte, und Jessop nahm den Hörer ab.

»Ein Mann?« fragte er. »Ja, er soll warten.«

Dann legte er den Hörer wieder auf und wandte sich erneut an Mrs. Betterton.

»Kennen Sie diesen Namen?« fragte er und hielt ihr den Zettel hin, auf dem er sich soeben den Namen des neuen Besuchers notiert hatte.

Ihre Augen verrieten, daß sie erschrocken war.

»Ja, ich kenne ihn. Er hat mir geschrieben.«

»Wann?«

»Gestern. Er ist ein Vetter von Toms erster Frau und gerade erst nach England gekommen. Er hat sich sehr aufgeregt über Toms Verschwinden.«

»Haben Sie nie zuvor von ihm gehört?«

»Nein. Aber dieser Mann scheint alles über Toms erste Frau, Professor Mannheims Tochter, und Tom zu wissen. Er ist mir ganz ehrlich vorgekommen. Soll ich ihm etwa nicht trauen?«

»Wir sind hier grundsätzlich mißtrauisch.«

»Ja, das ist es«, sagte sie zusammenschauernd, »hier in dem Haus mit den vielen dunklen Gängen ist es so unheimlich. Ich kann es nicht länger ertragen, dieses Sitzen und Warten und – ich muß hier weg. Die Freunde und Reporter bringen mich beinahe um mit ihrer Anteilnahme und Neugier. Ich muß fort. Mein Doktor sagt das auch. Er hat mir deshalb ein Attest geschrieben.«

Sie fingerte in ihrer Handtasche herum, zog ein Papier heraus und gab es Jessop. Der warf einen flüchtigen Blick auf das Attest und reichte es ihr zurück.

»Kann ich also reisen?« fragte sie, sichtlich nervös.

»Selbstverständlich, Mrs. Betterton, warum denn nicht?«

»Ich dachte, Sie hätten vielleicht etwas dagegen.«

»Aber nein. Sie brauchen mir nur Ihre Adresse zu geben, damit wir uns mit Ihnen in Verbindung setzen können, wenn wir Nachrichten für Sie haben. Wohin wollen Sie übrigens gehen?«

»Irgendwohin, wo viel Sonne ist und wo nicht so viele Engländer hinkommen. Spanien oder Marokko.«

»Sehr schön. Ich wünsche Ihnen eine gute Reise.«

»Vielen Dank, Mr. Jessop.

Sie erhob sich erleichtert und ging rasch hinaus. Jessop sah ihr gedankenvoll nach und lächelte. Dann nahm er den Hörer ab und sagte: »Bitte, Major Boris Glyn.«

2

Ein etwa dreißigjähriger Mann von straffer Haltung trat ein. Im Gegensatz zu den meisten Leuten, mit denen Jessop zu tun hatte, zeigte er keine Nervosität.

»Mr. Jessop?« begann er. »Ich möchte zunächst ein Empfehlungsschreiben meiner Botschaft überreichen. Ich bin
geborener Pole und jetzt naturalisierter Amerikaner.«
Jessop las die wenigen Zeilen und fragte höflich: »Womit
kann ich Ihnen dienen?«
»Ich bin gekommen, um mich zu erkundigen, was man
inzwischen über Thomas Betterton erfahren hat. Man
sagte mir, daß Sie, Mr. Jessop, der zuständige Mann für
diesen Fall seien.«
»Vorläufig wissen wir leider noch nichts Genaues, Major
Glyn.«
»Ich dachte, man habe ihn vielleicht wegen irgendeines
Auftrags verschwinden lassen – Sie verstehen – so unter
der Hand.«
»Mein lieber Major«, sagte Jessop, »Betterton war Wis-
senschaftler – also weder Diplomat noch Geheim-
agent.«
»Ich verstehe. Aber die Etiketten stimmen nicht immer.
Übrigens war Betterton durch seine Heirat mit mir ver-
wandt.«
»Sie sind, soviel ich weiß, Professor Mannheims
Neffe?«
»Oh, das wissen Sie auch schon. Sie sind offenbar gut
unterrichtet.«
»Bettertons Frau war hier und sagte, daß Sie ihr geschrieben hätten.«
»Meine Mutter war Professor Mannheims einzige Schwester«, erklärte der Major. »Nachdem meine Eltern gestorben waren, wuchs ich bei meinem Onkel Mannheim und
seiner Tochter Elsa auf. Dann kamen diese schrecklichen
Zeiten – mein Onkel und Elsa flüchteten nach Amerika.
Ich selbst ging in den Untergrund, und nach dem Krieg
übernahm ich gewisse Aufträge. Als in Europa nichts
mehr für mich zu tun war, wollte ich nach Amerika zu
meinem Onkel und Elsa. Aber – sie waren beide nicht
mehr am Leben. Betterton war nach England gegangen
und hatte wieder geheiratet. So hatte ich zum zweiten
Mal meine nächsten Verwandten verloren. Und dann las

ich von dem rätselhaften Verschwinden Bettertons und möchte nun Genaueres wissen. Warum ist er verschwunden, Mr. Jessop?«

»Wir wissen es nicht.«

»Und was vermuten Sie?«

»Der Fall Betterton«, bemerkte Jessop vorsichtig, »hat Ähnlichkeiten mit anderen Fällen, die schon weiter zurückliegen.«

»Sind die Leute hinter dem Eisernen Vorhang verschwunden?«

»Das kann sein, Major, aber wir wissen es nicht.«

»Ich interessiere mich übrigens lediglich für den Fall Betterton«, stellte der Major fest.

»Entschuldigen Sie«, sagte Jessop, »aber Sie sind doch nur ein angeheirateter Verwandter Bettertons. Sie kannten ihn ja nicht einmal persönlich...«

»Das stimmt«, gab der Major zu, stand auf und verbeugte sich steif. »Es tut mir leid, daß ich Ihre Zeit in Anspruch genommen habe. Besten Dank und leben Sie wohl.«

Auch Jessop erhob sich.

»Schade, daß wir Ihnen nicht helfen können. Aber der Fall liegt ziemlich im dunkeln. Wo kann ich Sie übrigens erreichen?«

»Über die amerikanische Botschaft. Vielen Dank.«

Nochmals verbeugte sich Boris Glyn und verließ das Zimmer. Jessop lehnte sich in seinen Stuhl zurück.

Ich habe schon lange nicht mehr Urlaub genommen, sagte er zu sich selbst, ich werde noch krank in diesem Bau. Ich glaube, ich muß ein wenig verreisen...

3

»Flug 108 nach Paris. Air France. Hier entlang bitte!«

Die Fluggäste in der Wartehalle des Flughafens von Heathrow standen auf. Sylvia Craven ergriff ihren kleinen Handkoffer aus Eidechsenleder und ging mit den übrigen hinaus. Es blies ein kalter Wind. Sylvia fröstelte und hüllte sich fester in ihren Pelz. Sie folgte den anderen zu dem wartenden Flugzeug. Ihre Flucht begann, die Flucht vor dem grauen Himmel, vor der Kälte, vor dem elenden Dasein, das sie zuletzt geführt hatte. Und am Ende ihrer Flucht warteten blauer Himmel, Sonne, ein neues Leben. Zum ersten Mal seit Monaten wich der Druck von ihrer Seele. Und als sie sich auf ihren Sitz niedergelassen hatte, fühlte sie sich schon beinahe glücklich.

Das Flugzeug rollte über die Startbahn, wurde immer schneller, hob ab und stieg höher und höher. Sylvia schloß die Augen und lehnte sich zurück. Nur fort, nur fort! Fort von Norbert, der sie verraten hatte, fort von Brendas kleinem Grab. Ein tiefer Seufzer stahl sich über ihre Lippen und sie schlief ein...

Sie erwachte erst, als das Flugzeug zur Landung ansetzte. Wir sind in Paris, dachte sie, richtete sich auf und griff nach ihren Sachen. Aber es war noch nicht Paris. Man mußte des dichten Nebels wegen in Beauvais landen. Die Fluggäste warteten stundenlang in einer Baracke, bevor sie endlich in verschiedene Omnibusse verfrachtet und nach Paris gefahren wurden; erst lange nach Einbruch der Dunkelheit kamen sie an, und Sylvia fiel todmüde in ihr Hotelbett.

Das Flugzeug nach Casablanca sollte am folgenden Morgen um 10 Uhr 30 von Orly abfliegen. Aber als man in Orly ankam, befand sich dort alles in größter Verwirrung. In allen Teilen Europas hatte es Terminverschiebungen gegeben, und die flugplanmäßigen Zeiten konnten nicht eingehalten werden. Sylvia erfuhr, daß sie ein Flugzeug nach Dakar nehmen müsse, das ausnahmsweise auch in Casablanca landen würde. Das bedeutete einen Zeitverlust von drei Stunden.

Und als Sylvia endlich in Casablanca in den Sonnenschein hinaustrat, sagte der Gepäckträger zu ihr:
»Sie haben Glück gehabt, Madame, daß Sie nicht mit der

planmäßigen Maschine einen Tag früher nach Casablanca geflogen sind.«

»Warum denn?« fragte Sylvia erstaunt.

Der Mann dämpfte die Stimme.

»Ein Unglück! Das Flugzeug ist kurz vor der Landung abgestürzt. Der Pilot, der Navigator und fast alle Passagiere sind tot. Nur wenige Menschen konnte man retten. Sie liegen schwerverletzt im Krankenhaus.«

Sylvias erstes Gefühl war das eines blinden Zorns. Warum, ach warum hatte *sie* nicht in diesem Flugzeug gesessen? Dann wäre alles vorbei. Kein Kummer mehr, alle Schmerzen ausgestanden. Aber die Leute in diesem Flugzeug hatten vielleicht gern gelebt. Und sie . . .?

Sie passierte den Zoll und fuhr durch den leuchtenden Sommerabend in ihr Hotel. Der klare Horizont – das goldene Licht – alles war so, wie sie es sich vorgestellt hatte. Sie war am Ziel, hatte das düstere, neblige London hinter sich gelassen und mit ihm alle ihre Sorgen. Hier war alles voller Leben, Farbe und Sonnenschein. Sie durchquerte ihr Zimmer, öffnete die Läden und setzte sich erschöpft aufs Bett. Sie war am Ende ihrer atemlosen Flucht.

Und nun, im ersten Augenblick der Ruhe und des Alleinseins, fühlte sie mit plötzlichem Schreck, daß diese Flucht vergebens gewesen war, denn – sie selbst hatte sich nicht verändert. Den Schmerzen und Enttäuschungen ihrer verratenen Liebe und der Erinnerung an ihr totes Kind hatte sie nicht entrinnen können. Sie hatte ihre schwere Krankheit überwunden um Brendas willen; aber dann war Brenda unter qualvollen Schmerzen gestorben, und ihr blieb nichts mehr – ein Leben ohne Sinn und Ziel. Ihr blieb nur noch der letzte Ausweg. Jene Schlaftabletten, die ihr der Arzt in London verweigert hatte, sie mußte sie hier auftreiben. Entschlossen sprang sie auf.

Doch so einfach, wie sie gedacht hatte, war auch hier in Casablanca die Sache nicht. Der Apotheker gab ihr nur eine kleine Dosis und verlangte ein ärztliches Rezept, als sie mehr haben wollte. Sie mußte in vier Apotheken gehen, bevor sie die nötige Menge beisammen hatte. Und jedesmal, wenn sie eine Apotheke verließ, stieß sie mit einem hochgewachsenen, etwas feierlich wirkenden jungen Mann zusammen, der sich jedesmal höflich in englischer Sprache entschuldigte.

Sie aß im Hotel und bestellte sich eine Flasche Vichy- wasser auf ihr Zimmer. Der Kellner brachte die Flasche, öffnete sie und zog sich dann zurück. Sylvia schloß die Tür ab, nahm die vier Päckchen aus der Tasche und wickelte sie aus. Nun brauchte sie nur noch die Tablet- ten zu schlucken und mit Wasser hinunterzuspülen. Sie zog sich aus, hüllte sich in ihren Morgenrock und setzte sich an den Tisch. Nun kam die zweite, die endgültige Sache. Sie wollte keinen Abschiedsbrief für Norbert hinterlassen. Er hatte sie längst über seiner neuen Liebe vergessen!

Aber gerade als sie die Hand nach der ersten Tablette ausstreckte, klopfte es leise an ihre Tür.

Sylvia hielt inne und runzelte die Stirn. Konnte man sie nicht in Frieden sterben lassen?

Wieder klopfte es, diesmal etwas stärker.

Sylvia saß regungslos, und ihre Augen weiteten sich vor Erstaunen: Der Schlüssel bewegte sich in sachter Dre- hung, bis er auf den Boden des Zimmers fiel. Dann wurde leise die Klinke runtergedrückt und herein trat jener hochgewachsene Mann, mit dem sie an den Türen der Apotheken zusammengestoßen war. Er bückte sich, hob den Schlüssel auf, schloß die Tür wieder ab und setzte sich an den Tisch, der erstarrten Sylvia gegen- über.

»Mein Name ist Jessop«, sagte der merkwürdige Ein- dringling. Sylvia faßte sich endlich und fragte mit zorn- gerötetem Gesicht:

»Was machen Sie hier?«

Er entgegnete ruhig: »Das eben wollte ich Sie fragen!«

»Ich weiß nicht, wovon Sie reden.«

»O doch, das wissen Sie sehr genau.«

Sylvia wußte nicht, was sie sagen sollte. Am liebsten

hätte sie den Menschen hinausgeworfen. Aber sie vermochte es nicht. So fragte sie nur spöttisch:

»Sie sind also ein Einbrecher?«

»O nein, Mrs. Craven, Sie tun mir unrecht. Ich habe doch angeklopft. Das pflegen Einbrecher im allgemeinen nicht zu tun. Aber auf andere Weise hätten Sie mich nicht hereingelassen.«

Er überflog die Vorbereitungen auf dem Tisch und sagte:

»Ich würde es an Ihrer Stelle nicht tun. Es ist nicht so, wie Sie es sich vorstellen. Man bekommt Krämpfe und verätzt sich die Magenwände. Leistet Ihr Organismus lange Widerstand, so werden Sie entdeckt und man pumpt Ihnen den Magen aus – keine sehr angenehme Sache. Oder man gibt Ihnen Öl ein oder heißen Kaffee, und Sie werden geschlagen und gestoßen. Das ist alles sehr übel.«

Sylvia zwang sich zu einem Lächeln.

»Haben Sie sich vielleicht eingebildet, ich wolle Selbstmord begehen?«

»Nicht nur eingebildet, ich bin meiner Sache sicher. Ich habe Sie von einer Apotheke in die andere rennen sehen.«

Sylvia gab ihr Leugnen auf.

»Ihr Benehmen ist unerhört. Gut, Sie können mich im Augenblick daran hindern und die Tabletten beschlagnahmen. Aber Sie können mich nicht daran hindern, aus dem Fenster zu springen oder mich vor einen Zug zu werfen, denn ich habe das Leben satt.«

»Interessant!« bemerkte er nachdenklich.

»Nicht im mindesten. Ich bin keine interessante Frau. Der Mann, den ich liebte, hat mich verlassen; mein einziges Kind starb an Gehirnhautentzündung. Ich habe weder Verwandte noch Freunde. Und da ich auch über kein besonderes Talent auf irgendeinem Gebiet verfüge, ist mein Leben völlig sinnlos geworden. Und jetzt, Mr. Jessop, lassen Sie mich bitte allein.«

»Nun weiß ich also Bescheid«, sagte Jessop ganz gemütlich, »und wir können weiterreden. Ich möchte Ihnen

einen Vorschlag machen, der besser ist als Ihre Selbst-
mordideen. Allerdings handelt es sich dabei um eine
lebensgefährliche Sache.«

»Ich kann mir absolut keinen Vers machen auf das, was
Sie sagen.«

»Natürlich nicht – darf ich es Ihnen daher erklären?«

»Wenn es denn sein muß«, gab sie widerwillig nach.
Aber Jessop ließ sich durch ihren abweisenden Blick
nicht einschüchtern.

»Also – Sie haben gewiß in den Zeitungen über das
Verschwinden verschiedener Wissenschaftler gelesen.
Vor einem Jahr verschwand ein Italiener und vor zwei
Monaten ein junger Gelehrter namens Thomas Bet-
terton.«

»Ja, ich erinnere mich.«

»Wir möchten nun herausfinden, ob diese Leute freiwillig gegangen sind oder ob sie entführt oder sonstwie
gezwungen wurden. Und dabei können Sie uns
helfen.«

»Ich? Wieso?« fragte Sylvia aufs äußerste erstaunt.

»Ich komme gleich zum springenden Punkt. Der ver-
schwundene Thomas Betterton ließ in England seine
Frau zurück. Sie hat geschworen, nichts über den Ver-
bleib ihres Mannes zu wissen. Aber ich glaube ihr nicht.
Nun kam sie vor etwa vierzehn Tagen in mein Büro und
erklärte, daß sie verreisen müsse. Zeitungen, Freunde,
Verwandte brächten sie zur Verzweiflung mit ihren
Fragen.«

»Das kann ich mir vorstellen«, sagte Sylvia trocken.

»Aber wir sind mißtrauisch – das gehört zu unserem
Metier. So ließen wir sie beobachten. Nun, kürzlich hat
sie England verlassen, um nach Casablanca zu
fliegen.«

»Nach Casablanca?« wiederholte Sylvia erstaunt.

»Genau. Aber die Reise nahm für Mrs. Betterton ein
unerwartetes Ende.«

Sylvia zuckte die Achseln.

»Was habe denn ich damit zu tun?«

»Sie werden damit zu tun haben, weil Sie wundervolles rotes Haar besitzen, Mrs. Craven.«

»Was soll denn das nun wieder heißen?«

Jessop lächelte.

»Das hervorstechendste Kennzeichen an Mrs. Betterton ist ihr Haar. Sie haben vielleicht gehört, daß ihr Flugzeug abgestürzt ist.«

»Ja. Ich hatte ursprünglich auch dieses Flugzeug nehmen wollen. Der Nebel hat es verhindert.«

»Nun, Mrs. Betterton war in diesem Flugzeug. Sie wurde zwar noch lebend geborgen, liegt aber schwerverletzt im Krankenhaus. Laut Aussage des Arztes wird sie morgen früh nicht mehr am Leben sein.«

In Sylvias Augen dämmerte langsam ein Schimmer von Verständnis auf.

»Vielleicht begreifen Sie nun die Art des Selbstmordes, die ich Ihnen anbiete«, sagte Jessop. »Sie sollen als Sylvia Craven sterben und als Mrs. Olivia Betterton auferstehen.«

»Aber das geht doch nicht«, stammelte Sylvia, »das würde man doch sofort merken.«

»Das kommt ganz auf Sie an«, erwiderte Jessop. »Bei dem Unglück hat keiner auf den andern achtgegeben. Die meisten Mitreisenden sind tot, die anderen, falls sie am Leben bleiben, werden so rasch wie möglich heimkehren. Wenn Olivia Betterton tot ist, wird niemand darauf achten, wer als Leiche aus dem Krankenhaus geschafft wird. Und die Paßbeschreibung Mrs. Bettertons deckt sich mit der Ihrigen.«

»Aber die hiesigen Behörden —«

Jessop lächelte abermals.

»Das macht keine Schwierigkeiten. Die Franzosen sind selbst an der Sache interessiert, denn sie haben in letzter Zeit wertvolle Leute verloren. Sie werden mit uns zusammenarbeiten. Also, Mrs. Craven wird beerdigt, und Mrs. Betterton verläßt genesen die Klinik.«

»Aber das ist doch Wahnsinn!«

»Gewiß«, pflichtete Jessop ihr bei, »es handelt sich um

einen sehr schwierigen Auftrag, und wenn ich Sie richtig beurteile, so werden Sie ihn gerade deshalb übernehmen. Das wäre doch entschieden amüsanter als ein Sturz aus dem Fenster oder dergleichen.«

Plötzlich lachte Sylvia ganz unerwartet auf.

»Ich glaube, Sie haben recht!«

»So wollen Sie den Auftrag übernehmen?«

»Gewiß, warum nicht?«

»Dann dürfen wir keine Sekunde mehr verlieren«, schloß Jessop und stand schnell auf.

4

Im Krankenhaus war es nicht eigentlich kalt, doch lag eine frostige Atmosphäre über den einsamen Gängen, die mit dem Geruch der Desinfektionsmittel und Medikamente erfüllt waren. Sylvia Craven saß an einem Krankenbett. In diesem Bett lag die verunglückte Olivia Betterton mit dick einbandagiertem Kopf.

»Es kann nicht mehr lange dauern«, sagte der Arzt zu Jessop, der sich im Hintergrund des Zimmers hielt.

»Wird sie ihr Bewußtsein noch einmal wiedererlangen?« fragte dieser gespannt.

Der Franzose zuckte die Achseln.

»Möglich wäre es, vielleicht im allerletzten Augenblick noch mal.«

Er ging und nahm die Pflegerin mit sich. An Stelle der letzteren setzte sich eine Nonne mit ihrem Rosenkranz ans Kopfende des Bettes. Sylvia schlich sich auf ein Zeichen Jessops leise zu ihm hinüber.

»Haben Sie gehört?« flüsterte er, »Sie müssen versuchen, irgend etwas, ein Kennwort, eine Botschaft oder sonst irgend etwas zu erfahren.«

»Es erscheint mir wie Verrat an einer Sterbenden«, sagte Sylvia zögernd, »ich tue es sehr ungern. Macht es Ihnen denn gar nichts aus?«

»Nein. Es ist meine Pflicht. Aber Sie können frei handeln. Wenn Ihnen die Sache widersteht, so verzichten Sie darauf.«

»Nur eins möchte ich noch wissen. Muß man ihr sagen, daß sie im Sterben liegt?«

»Das will ich mir noch überlegen.«

Sylvia nahm ihren Platz am Bett wieder ein. Minute um Minute verrann. Ungefähr zwei Stunden später hörte die Nonne zu beten auf und sagte:

»Ich glaube, Madame, es geht zu Ende. Ich hole den Arzt.«

Die Lider der Sterbenden zuckten ein paar Mal, und die Augen öffneten sich. Sie blickten teilnahmslos auf Sylvia. Dann kam so etwas wie Staunen in ihren Ausdruck.

»Wo...«, begann sie mühsam. In diesem Augenblick trat der Arzt ein.

»Sie sind im Krankenhaus, Madame«, sagte er, »Ihr Flugzeug ist verunglückt. Befindet sich jemand in Casablanca, den Sie zu sehen wünschen, Madame? Können wir etwas für Sie tun?«

»Nein« – ein gebrochenes Flüstern. Sylvia beugte sich über die Sterbende und sagte langsam und deutlich:

»Ich komme aus England – kann ich Ihnen irgendwie helfen?«

»Nein – nichts – nichts – außer –«

»Ja?«

»Nichts.«

Sylvia wandte sich fragend an Jessop. Er trat ans Bett. Wieder öffnete Olivia mühsam die Augen, und diesmal trat ein Schimmer des Erkennens in ihren Blick.

»Ich kenne Sie«, murmelte sie mühsam.

»Ja, Mrs. Betterton, wir kennen uns. Wollen Sie mir nicht alles über Ihren Gatten sagen?«

Aber Olivia schwieg und schloß wieder die Augen.

Jessop wandte sich zögernd um und verließ das Zimmer.

Der Doktor sagte sehr leise zu Sylvia: »*C'est la fin!*«

Doch noch einmal öffnete die Sterbende die Augen – sie blieben auf Sylvia haften, die nun die weißen kalten

Hände Olivias in die ihren nahm. Der Arzt ging auf Zehenspitzen hinaus. Die beiden Frauen waren allein. Mühsam begann Olivia wieder zu sprechen: »Sagen Sie mir – sagen Sie mir bitte –«

Sylvia erriet, was sie fragen wollte und beugte sich über die hilflose Gestalt:

»Ja«, sagte sie leise, aber deutlich, »Sie werden vielleicht sterben. Das wollten Sie doch wissen, nicht wahr? Hören Sie mir gut zu: Ich werde Ihren Mann suchen. Soll ich ihm eine Botschaft von Ihnen überbringen, wenn ich ihn finde?«

»Sagen Sie ihm – sagen Sie ihm – Boris – gefährlich –«

»Können Sie mir sagen, wie ich zu ihm komme?«

Aber Olivia wiederholte nur:

»Boris – gefährlich – kann's nicht glauben – will nicht – aber wenn's wahr ist – dann –« In die Augen der Sterbenden trat ein gehetzter Ausdruck – »achtgeben.«

Schließlich noch ein schwaches Murmeln: »Schnee, schöner Schnee...«, ein letzter rasselnder Atemzug, und Olivia Betterton war tot.

Die folgenden Wochen brachten für Sylvia eine Reihe mühseliger und außerordentlich anstrengender Übungen. Sie hatte ihr eigenes Selbst völlig abzustreifen und sich ganz in Olivia Bettertons Gestalt und Wesen einzuleben. Sie mußte lernen, sich zu bewegen wie jene, sich ihre Art zu sprechen aneignen, sich auf ihre Gewohnheiten und Liebhabereien einstellen. Oft verzweifelte sie am Erfolg ihrer Bemühungen; aber Jessop, ihr Lehrmeister, wußte sie immer wieder anzuspornen und pries ihre rasche Auffassungsgabe und ihr gutes Gedächtnis.

Die Paßbeschreibung Olivias entsprach fast der ihrigen; die Paßbilder jedoch glichen sich recht wenig. Olivias Gesicht war zwar hübsch, aber ziemlich gewöhnlich und uninteressant. Ganz anders dagegen Sylvias feingeschnittene und intelligente Züge, die einen Bildhauer begeistert hätten. Aber Jessop beruhigte sie auch in diesem Punkt.

»Machen Sie sich keine Sorgen, Sie sind eine gelehrige Schülerin.«

Eines Tages eröffnete er ihr, daß man auch sie unter Beobachtung stellen müsse. Sonst würde die gegnerische Seite, die ohne Zweifel auf Olivia Betterton wartete, mißtrauisch werden. Aber er verriet ihr nicht, von wem und auf welche Weise sie beobachtet werden würde.

»Es ist besser, Sie wissen nichts – dann können Sie auch nichts verraten. Bitte, seien Sie nicht gekränkt, es braucht gar nicht mit Worten geschehen. Aber sind Sie überzeugt, eine so gute Schauspielerin oder eine so gute – Lügnerin zu sein, daß Sie sich nicht mit der kleinsten Geste, nicht mit einem Wimpernzucken verraten werden?«

»Und was wird geschehen, wenn ich am Ende der Reise angelangt bin?« fragte Sylvia.

»Wie meinen Sie das?«

»Nun, wenn ich zum ersten Mal Thomas Betterton von Angesicht zu Angesicht gegenüberstehe.«

Jessop nickte grimmig.

»Ja, das wird der gefährlichste Augenblick des ganzen Unternehmens sein. Sie stehen zwar überall unter unserem Schutz, aber Sie werden sich erinnern, daß ich Ihnen gleich gesagt habe, es sei sehr fraglich, ob Sie mit dem Leben davonkommen würden.«

»Warum haben Sie sich eigentlich nie danach erkundigt, was Mrs. Betterton vor Ihrem Tod zu mir gesagt hat?«

»Ich dachte, Sie hätten Bedenken gehabt, sie zu fragen.«

»Ja, aber ich fragte sie dann doch, und ich will Ihnen sagen, was sie antwortete: ›Sagen Sie ihm (Betterton) – er soll vorsichtig sein – Boris – gefährlich –‹«

»Boris«, wiederholte Jessop interessiert, »ah, unser korrekter Major Boris Glyn.«

»Kennen Sie ihn? Wer ist er?«

»Er ist gebürtiger Pole, jetzt in Amerika. In London kam er zu mir ins Büro und behauptete, ein angeheirateter Vetter von Betterton zu sein.«

»Er behauptete es nur?«

»Genauer gesagt gab er an, ein Vetter der verstorbenen Mrs. Elsa Betterton zu sein. Aber wir können das nicht nachprüfen.«

»Sie hatte Angst«, bemerkte Sylvia nachdenklich. »Können Sie ihn mir beschreiben? Ich möchte ihn gleich erkennen, falls ich mit ihm zusammentreffen sollte.«

»Er ist ein Meter achtzig groß, blond, hat helle Augen und eine etwas steife, militärische Art... Unsere Beobachtungen haben nichts erbracht. Nachdem er mein Büro verlassen hatte, ging er direkt zur amerikanischen Botschaft, von der er mir ein Empfehlungsschreiben vorgelegt hatte, das die Botschaft zu nichts verpflichtet. Dann verloren wir seine Spur. Vermutlich hat er die Botschaft als Postbote oder was auch immer verkleidet durch irgendeinen Hinterausgang verlassen. Wahrscheinlich hatte Olivia Betterton recht, wenn sie Boris Glyn für gefährlich hielt.«

5

In dem kleinen Salon des Hotels St. Louis in Casablanca saßen zwei Damen, die niemand für etwas anderes als für harmlose Touristinnen gehalten hätte. Die Amerikanerin Mrs. Calvin Baker war mit Briefeschreiben beschäftigt. Ihre englische Gefährtin, Miss Hetherington, thronte in einem Empiresessel und war dabei, irgendeine nutzlose Strickerei ihrer Vollendung zuzuführen. Mrs. Baker war plump und untersetzt, Miss Hetherington lang und dünn.

Gerade als letztere eifrig mit dem Zählen der Maschen beschäftigt war, warf eine rothaarige, hochgewachsene Dame einen flüchtigen Blick herein, zog sich aber rasch wieder in den Gang zurück. Die beiden Damen wurden sofort sehr lebendig.

»Miss Hetherington, haben Sie die rothaarige Dame bemerkt?« fragte Mrs. Baker im Flüsterton. »Man sagt, sie sei die einzige Überlebende des schrecklichen Flugzeugunglücks in der letzten Woche.«

»Ich war heute nachmittag dabei, als sie ankam«, sagte Miss Hetherington und stach sich vor Aufregung unter den Nagel, »sie wurde mit der Ambulanz gebracht, direkt vom Krankenhaus, wie mir der Manager sagte.«

»Ich finde es unvernünftig, das Krankenhaus so bald wieder zu verlassen«, erklärte Mrs. Baker, »sie muß doch schwere Verletzungen erlitten haben.«

»Ihr Gesicht ist verbunden – wahrscheinlich hat sie auch viele Schnittwunden davongetragen.«

»Arme junge Person. Ich möchte wohl wissen, ob ihr Mann bei ihr war und ob er unter den Geretteten ist.«

»Das glaube ich nicht«, sagte Miss Hetherington kopfschüttelnd, »in den Zeitungen war nur die Rede von einem einzigen weiblichen Fluggast, der gerettet wurde.«

»Das stimmt. Man brachte sogar ihren Namen. Eine Miss – Mrs. Beverly –, nein, Betterton, so heißt sie.«

»Betterton?« wiederholte Miss Hetherington nachdenklich. »Das war doch der Name, den ich so oft in den Zeitungen gelesen habe – die Geschichte von dem verschwundenen Gelehrten.«

An dem Nachmittag, da dieses Gespräch zwischen den beiden Damen stattfand, war Mrs. Betterton aus dem Krankenhaus entlassen und im Krankenwagen ins Hotel St. Louis gebracht worden. Es war der fünfte Tag nach dem Unglück. Blaß und leidend aussehend, mit bandagiertem Kopf, wurde sie sofort in das für sie reservierte Zimmer gebracht, wo sie müde in einen Sessel sank. Erst nach einer guten Weile stand sie auf und betrachtete sich im Spiegel. Sie hatte sich so in ihre Rolle eingelebt, daß sie tatsächlich eine Schwäche in den Gliedern fühlte, wie es bei Rekonvaleszenten der Fall ist, die längere Zeit im Krankenhaus zugebracht haben. In der Hotelhalle hatte sie bereits gefragt, ob Post für sie angekommen sei. Es war nichts da. So mußte sie die ersten Schritte ihres neuen

Lebens in ziemlicher Unklarheit unternehmen. Sie konnte nicht wissen, ob Olivia Betterton in Casablanca jemanden hätte anrufen oder besuchen sollen. Olivias Paß, ihr Kreditbrief, ihre Cook-Billetts und die für sie reservierten Zimmer mußten ihr genügen. Dies alles zusammen berechtigte zu zwei Tagen Aufenthalt in Casablanca, sechs Tagen Aufenthalt in Fes und fünf Tagen Aufenthalt in Marrakesch. Das Foto im Paß war das ihrige, die Unterschrift auf dem Kreditbrief hatte sie ebenfalls geleistet. Sie mußte nun ihre Rolle so natürlich spielen, wie sie es vermochte, und im übrigen abwarten. Zum Glück ließen sich etwaige Schnitzer durch eine verletzungsbedingte Gedächtnisschwäche erklären. Im übrigen fühlte sie sich wirklich schwach und benommen.

Beim Flugzeugabsturz war auch Olivias ganzes Gepäck verlorengegangen. Im Krankenhaus hatte man Sylvia mit dem Nötigsten versehen, und Jessop hatte ihr außerdem noch eine hübsche Halskette aus unechten Perlen geschenkt...

Den ihr gegebenen Anweisungen entsprechend ging Sylvia in den Speisesaal, nachdem sie sich ein wenig ausgeruht hatte. Man tuschelte bei ihrem Erscheinen und flüsterte sich die Geschichte ihres Unglücks zu. Peinlich berührt flüchtete sie sich gleich nach der Mahlzeit in den kleinen Salon. Sie war gespannt, ob jemand sie ansprechen würde.

Und wirklich kam nach einiger Zeit eine beleibte Dame in mittleren Jahren herein und setzte sich neben sie. In teilnehmendem Ton begann sie:

»Sie wollen mich bitte entschuldigen, aber ich fühle das Bedürfnis, mit Ihnen zu reden. Sie sind doch die Dame, die auf so wunderbare Weise das schreckliche Unglück überlebt hat?«

Sylvia ließ das Magazin sinken, in dem sie gelesen hatte.

»Ja!« entgegnete sie kurz.

»Gott, wie furchtbar – ich meine natürlich den Absturz.

Man sagt, es habe nur drei Überlebende gegeben. Ist das richtig?«

»Nur zwei«, berichtigte Sylvia, »und von diesen beiden starb eine Frau kurz nach der Einlieferung ins Krankenhaus.«

»Du meine Güte, was Sie nicht sagen. Nun nehmen Sie es mir bitte nicht übel, wenn ich Sie etwas frage, Miss... Mrs....«

»Betterton«, half Sylvia nach.

»Darf ich Sie fragen, ob Sie vorn oder hinten im Flugzeug gesessen haben?«

Glücklicherweise wußte Sylvia die Antwort.

»Ich habe ganz hinten gesessen.«

»Man behauptet immer, das sei der sicherste Platz; künftig werde ich mich auch nur noch da hinsetzen.«

»Aber irgend jemand muß doch auch vorne sitzen«, bemerkte Silvia, indem sie sich mühsam das Lachen verkniff.

»Dieser Irgendjemand werde jedenfalls nicht ich sein«, entgegnete die neue Bekanntschaft in entschiedenem Ton, »übrigens, mein Name ist Baker, Mrs. Calvin Baker. Wo gedenken Sie hinzufahren, Mrs. Betterton?«

»Ich möchte ganz gern Fes kennenlernen«, antwortete Sylvia vorsichtig, »muß aber vorher vor allem meine Zimmerreservierungen erneuern, die ja inzwischen abgelaufen sind.«

»O ja, Fes oder Rabat dürfen Sie auf keinen Fall versäumen.«

»Waren Sie selbst schon dort?«

»Bis jetzt noch nicht – ich werde aber demnächst hinfahren.«

Die Unterhaltung plätscherte noch eine Weile so dahin, dann zog sich Sylvia, unter dem Vorwand, müde zu sein, auf ihr Zimmer zurück. Diese Mrs. Baker war offenbar eine harmlose, unbedeutende Touristin. Von ihr durfte sie keine Verhaltensmaßregeln oder Hinweise erwarten –

Am nächsten Morgen ging Sylvia ins Reisebüro, um sich

alles zur Weiterreise Erforderliche zu beschaffen. Aber zu ihrem Erstaunen erfuhr sie dort, daß schon alles erledigt war.

»Aber wieso denn?« fragte sie, »ich habe doch...«

»Gleich nach Ihrem Anruf, Madame, haben wir alles besorgt.«

Sylvia erschrak. Sie wußte genau, daß weder sie selbst noch ein dritter in ihrem Auftrag das Reisebüro angerufen hatte. Somit war also bewiesen, daß irgendeine mysteriöse Organisation ihre Schritte überwachte. Sie nahm Fahrkarten und sonstige Belege entgegen und begab sich zurück in ihr Hotel. Sie konnte also schon morgen nach Fes reisen. Mrs. Baker sah sie an diesem Tag nicht mehr...

6

Von Casablanca war Sylvia eigentlich ein wenig enttäuscht gewesen; es hatte so gar nichts Orientalisch-Geheimnisvolles an sich, sondern wirkte mehr wie eine französische Niederlassung. Das Wetter war immer noch schön, sonnig und klar. Mit Entzücken betrachtete Sylvia von ihrem Fensterplatz im Zug aus die vorüberfliegende Landschaft. Ihr gegenüber saß ein kleiner Franzose, offenbar ein Geschäftsreisender. Er gab ihr Feuer für ihre Zigarette und knüpfte alsbald ein Gespräch an.

»Eigentlich sollten Sie nach Rabat gehen, Madame. Es ist schade, wenn man sich Rabat nicht angesehen hat.«

»Ich werde es versuchen; aber ich habe nicht viel Zeit, und außerdem« – sie lächelte – »ich bin nicht so gut bei Kasse. Sie wissen ja, wie wenig Devisen man mitnehmen darf.«

»Aber das ist doch die einfachste Sache von der Welt – man setzt sich mit seinen hiesigen Freunden in Verbindung.«

»Ich habe keine Freunde in Marokko.«

»Wenn Sie wieder einmal verreisen, Madame, so schreiben Sie mir nur ein Wort. Ich erledige alles für Sie. Ich komme geschäftlich oft nach England, und dann können Sie Ihre Schulden bei mir begleichen.«

»Sehr freundlich von Ihnen. Ich hoffe wirklich sehr, später wieder einmal nach Marokko kommen zu können.«

»Es muß für Sie eine angenehme Abwechslung sein, Madame. In England ist es so kalt und neblig. Wie war das Wetter, als Sie England verließen?«

»Genau wie Sie sagen – kalt und neblig.«

»Ach ja, jetzt ist ja dort die häßlichste Jahreszeit. Und Schnee – hatten Sie keinen Schnee?«

»Nein, Schnee hatten wir nicht.«

Im stillen wunderte sie sich, daß der kleine Franzose so sehr am Wetter in England interessiert war. Doch vergaß sie es bald wieder und unterhielt sich gut mit ihm über alle möglichen Themen, bis sie endlich gegen Abend in Fes eintrafen. Sylvia stand auf dem Perron, halb betäubt von dem Lärm und Geschrei rundherum.

»Gestatten Sie, Madame, daß ich Ihnen behilflich bin. Sie steigen doch gewiß im Palais Djamai ab?«

»Ja, dort habe ich ein Zimmer bestellt.«

»Gut. Es ist acht Kilometer von hier entfernt.«

»Acht Kilometer?« Silvia war enttäuscht. »Es ist also nicht in der Stadt?«

»Es ist im alten Fes. Ich wohne allerdings in einem Hotel in der Neustadt. Wer aber zum Vergnügen nach Fes kommt, der steigt im Djamai ab. Auf diese Weise lernt er das alte, interessante Fes kennen. Es sieht so aus, als habe man keinen Wagen an die Bahn geschickt. Ich werde Ihnen ein Taxi besorgen.«

In flüssigem Arabisch verhandelte er mit den Leuten, und in kürzester Frist war ein Taxi zur Stelle und Sylvias Gepäck verstaut. Als sie eingestiegen war, überreichte der Franzose ihr eine Visitenkarte mit den Worten:

»Bitte, Madame, machen Sie Gebrauch davon, wenn Sie Hilfe benötigen. Ich wohne die nächsten vier Tage im hiesigen Grand Hotel.«

Er zog seinen Hut und entfernte sich. Auf der Karte stand nur »Monsieur Henri Laurier«.

Der Wagen setzte sich in Bewegung, doch Sylvia gewahrte außer hier und da einem erleuchteten Haus nicht viel von der Gegend, da die Dunkelheit bereits hereingebrochen war. So lehnte sie sich zurück und grübelte darüber nach, ob Laurier wohl zu der Organisation gehörte, die Thomas Betterton veranlaßt hatte, seine Arbeit, sein Heim und seine Frau zu verlassen? Und wohin würde sie wohl mit diesem Taxi gebracht werden, das Laurier für sie aufgetrieben hatte?

Doch es brachte sie ganz vorschriftsmäßig ins Palais Djamai. Sie stieg aus, durchschritt einen gewölbten Eingang und kam zu ihrem Entzücken in eine durchaus orientalische Umgebung – mit breiten Ruhebetten, Mokkatischchen und wertvollen einheimischen Teppichen. Sie wurde nach Erledigung der üblichen Formalitäten über eine von Lorbeerbäumen gesäumte Terrasse, deren Blumenschmuck einen betäubenden Duft ausströmte, zu einer Wendeltreppe und in einen Raum geführt, der gleichfalls in orientalischem Stil eingerichtet war, zugleich aber alle modernen Bequemlichkeiten aufwies. Man sagte ihr, daß das Dinner um 7 Uhr 30 serviert werde.

Sylvia packte ihren Handkoffer aus, machte etwas Toilette und stieg dann wieder die Wendeltreppe hinunter, durchquerte einen großen Rauchsalon und gelangte schließlich in den rechteckigen Speisesaal. Während sie die ausgezeichnet zubereitete Mahlzeit verzehrte, konnte sie ein ständiges Kommen und Gehen der Gäste beobachten. – Angehörige der verschiedensten Nationen. Ihre besondere Aufmerksamkeit erregte ein ältlicher kleiner Herr mit gelblicher Gesichtsfarbe und einem kleinen Spitzbart. Er schien eine Person von Bedeutung zu sein, denn er wurde mit ungewöhnlicher Sorgfalt bedient, und man gehorchte seinem leisesten Wink. Aber sie fühlte sich zu abgespannt, um noch Fragen an den Kellner zu richten, und begab sich frühzeitig zu Bett.

Am nächsten Morgen suchte sie wieder die Terrasse auf und setzte sich unter einen weiß- und rotgestreiften Sonnenschirm. Ihre sonderbare Lage kam ihr überdeutlich zum Bewußtsein. Da saß sie nun, eine todgeweihte Frau, auf die unbekannte Gefahren lauerten. Sie verstand die arme Olivia Betterton, die bereits am Rande ihrer Nervenkraft gewesen war und gehofft hatte, sich hier, an dieser friedlichen Stätte, erholen zu können.

Ihr Gedankengang wurde unterbrochen durch den alten gelbhäutigen Herrn mit dem Spitzbärtchen, der die Terrasse betrat, gefolgt von einem dienstbeflissenen Kellner, der sofort davoneilte, nachdem er eine Bestellung entgegengenommen hatte. Sylvia verlangte einen Martini und fragte ihren Kellner leise, wer der alte Herr sei.

»Das ist Monsieur Aristides«, flüsterte jener, »ein reicher, ein ungeheuer reicher Mann.«

Sylvia faßte die hagere, gebeugte Gestalt genauer ins Auge. Was für eine menschliche Ruine! Und seinen ganzen Nimbus verdankte er seinem Reichtum, da er anderes nicht mehr zu bieten hatte. In diesem Augenblick begegnete Sylvia den Augen des alten Mannes. Sie leuchteten blitzartig auf und wandten sich schnell wieder ab. Allmählich wurde die Terrasse leer, da die Gäste sich zum Lunch begaben. Sylvia, die sehr spät gefrühstückt hatte, wollte nicht schon wieder essen. Sie blieb auf der Terrasse und bestellte ein weiteres Getränk. Dabei schlenderte ein gutaussehender junger Mann an ihr vorüber und summte im Weitergehen:

Le long des lauriers roses
Rêvant de douces choses.

Diese Worte brachten Sylvia wieder ihren Beschützer in Erinnerung. Laurier – das war doch sein Name gewesen? Bestand hier vielleicht ein Zusammenhang? Aber sie konnte sich keinen Reim darauf machen. In diesem Augenblick schien sich die Sonne hinter einer Wolke zu verstecken – sie sah verwundert auf und stellte fest, daß der reiche Monsieur Aristides zwischen ihr und der Sonne stand. Er schien in den Anblick der fernen Hügel versunken. Dann seufzte er, drehte sich plötzlich um, und im Vorübergehen stieß er an ihren Tisch, so daß ihr Glas herunterfiel und zerbrach.

Schnell wandte er sich um und sagte höflich:

»Ich bitte tausendmal um Vergebung, Madame!«

Er winkte gebieterisch einen Kellner herbei, bestellte ein neues Getränk und entfernte sich mit nochmaliger Entschuldigung.

Als der Kellner mit ihrem Martini kam, fragte sie ihn, ob Monsieur Aristides allein hier sei.

»Aber nein, Madame«, war die Antwort, »ein so reicher Herr reist niemals ohne Begleitung. Er hat seinen Kammerdiener, seine beiden Sekretäre und seinen Chauffeur bei sich.«

Später sah Sylvia den Nabob allein an seinem Tisch sitzen. Seine Sekretäre befanden sich in der Nähe und ließen kein Auge von ihrem Gebieter, der sie überhaupt nicht beachtete.

Am Nachmittag durchstreifte Sylvia die Gärten des Palastes, erfüllt von dem Frieden und der köstlichen Ruhe, die über diesem gesegneten Fleckchen Erde lagen. Ach, dachte sie, könnte ich doch ewig, ewig hier bleiben. Hier würde meine Seele zur Ruhe kommen. Und gerade jetzt darf ich nicht an mich denken. Ich habe eine Mission übernommen, die mir Gefahren, vielleicht sogar den Tod bringt. Aber würde sie hier wirklich auf Dauer glücklich sein können?!

Es war schon spät am Abend, und die Hitze hatte bedeutend nachgelassen, als Sylvia wieder ins Hotel zurückkehrte. In der großen Diele stieß sie auf Mrs. Baker, die sie sofort mit Beschlag belegte.

»Ich bin gerade mit dem Flugzeug angekommen«, erklärte sie, »ich kann die langweilige Eisenbahn nicht ausstehen. Alles ist so unappetitlich. Auf den Nahrungsmitteln, die man kauft, sitzen die Fliegen. Zellophanpackungen kennt man hier wohl nicht. Nun sagen Sie mir aber, wie es Ihnen hier gefällt. Sicher haben Sie sich schon die Altstadt angesehen?«

»Leider habe ich noch gar nichts unternommen«, antwortete Sylvia lächelnd, »ich habe lediglich in der Sonne gesessen, unter dem Sonnenschirm natürlich, und bin durch die Gärten gegangen.«

»Ach ja, ich vergaß, Sie kommen ja gerade erst aus dem Krankenhaus. Wie konnte ich nur so töricht fragen. Sie sollten eigentlich noch im verdunkelten Zimmer liegen und ruhen. Gelegentlich, wenn Sie sich frischer fühlen, können wir aber vielleicht doch einen kleinen Ausflug miteinander machen. Ich werde nie müde und nehme alles mit, was dem Reisenden geboten wird.«

Sylvia beglückwünschte die energische Dame zu ihrer Tatkraft.

»Erinnern Sie sich noch an Miss Hetherington in Casablanca? Nicht? Eine englische Dame mit langem Gesicht. Sie kommt auch heute abend hier an. Aber mit dem Zug. Was für Gäste sind denn in diesem Hotel? Viele Franzosen, nehme ich an. Übrigens – gefällt Ihnen Ihr Zimmer? Meines ist gräßlich – man muß mir unbedingt ein anderes geben ...«

Und wie ein Wirbelwind stürmte Mrs. Baker davon. Später traf Sylvia wieder mit ihr und der angekündigten Miss Hetherington zusammen. Mrs. Baker entwickelte gerade ihren Plan für den morgigen Tag.

»Wir wollen lieber nicht in die Altstadt«, sagte sie, »dort ist alles so verwinkelt und schmutzig. Ich habe genug vom letzten Mal. Wäre mein Führer nicht gewesen, so hätte ich nicht ins Hotel zurückgefunden. Er brachte mich übrigens in ein Teehaus auf den Hügeln mit schöner Aussicht. Aber der Pfefferminztee, den man dort trinken mußte, und die kitschigen Reiseandenken, die einem zum Kauf angeboten werden, haben mir die Freude daran verdorben. Ich bin mehr für eine schöne Wagenfahrt in die Umgebung.«

7

Da am andern Tag Miss Hetherington wirklich von Mrs. Baker zu einem Ausflug im Wagen eingeladen wurde, blieb es Sylvia erspart, die Altstadt in Gesellschaft der trockenen Engländerin genießen zu müssen. Sie bestellte sich einen Führer und zog mit ihm los. Durch verschiedene Terrassengärten hindurch kamen sie an ein riesiges Tor, das der Führer mit einem unförmigen Schlüssel öffnete. Sobald man dieses Tor durchschritten hatte, tat sich eine andere Welt auf. Überall ragten die alten Festungswälle empor, vor ihr schlängelten sich geheimnisvolle labyrinthische Gäßchen mit unbekanntem Ziel; man kam an muffigen Hinterhöfen vorbei, aus denen fremdartiger Gesang ertönte; man mußte keinen Autos, sondern schwerbeladenen Maultieren ausweichen; hier spielte sich das Leben der alten maurischen Stadt ab. Durch ihre Gassen wandernd vergaß Sylvia ihren Auftrag, vergaß ihr früheres Leben. Die einzige Störung bildete das unaufhörliche Geschwätz des Führers, der ihr alles mögliche anpries, was sie kaufen sollte. Als all seine Überredungskünste nichts fruchteten, brachte er sie in das von Mrs. Baker erwähnte Teehaus auf dem Hügel.
In einem großen Raum, dessen Fenster einen Ausblick auf die tiefer liegende Stadt gewährte, setzte sie sich an ein Tischchen. Es gab wirklich keinen Kaffee, sondern nur Pfefferminztee, den sie gottergeben trank. Auch kaufte sie einige von den hier feilgebotenen Reiseandenken. Der Führer versicherte ihr, daß er sie in einer knappen Stunde in ihr Hotel zurückbringen würde.
»Aber vorher«, er dämpfte diskret seine Stimme, »wird Ihnen das Mädchen hier die Damentoilette zeigen; sie ist sehr schön.«

Sylvia folgte mit belustigtem Lächeln dem Mädchen, das den Tee serviert hatte. Sie hegte keine großen Erwartungen bezüglich der Ausstattung dieses Etablissements. Aber es war wenigstens ein Waschbecken mit fließendem Wasser vorhanden. Sylvia wusch sich die Hände und trocknete sie trotz des Gästehandtuchs mit ihrem eigenen Taschentuch ab. Doch als sie gehen wollte, ließ sich die Tür nicht mehr öffnen. Vergebens zerrte sie an dem Riegel und rüttelte an der Klinke. Der Riegel gab nicht nach. Die Tür war von außen zugeschlossen worden. Zornig sah Sylvia sich um und entdeckte auf der gegenüberliegenden Seite eine zweite Tür, deren Klinke dem Druck ihrer Hand willig nachgab. Sie ging durch und befand sich plötzlich in einem kleinen Raum, der sein Licht nur durch ein paar Öffnungen hoch oben in der Mauer empfing. Und auf dem einzigen Diwan saß rauchend der kleine Franzose, den sie im Zug getroffen hatte, Monsieur Henri Laurier!

Er stand nicht auf, um sie zu begrüßen, und sein Ton war gegenüber früher merklich verändert, als er sagte:
»Guten Tag, Mrs. Betterton!«
Sylvia stand regungslos da. Die Verblüffung hatte ihr die Sprache verschlagen. Das also war ihr Auftraggeber. Mühsam nahm sie sich zusammen. Damit mußtest du schließlich rechnen, sagte sie sich, handle, wie *sie* gehandelt haben würde.
Sie trat einen Schritt vor und fragte eifrig:
»Sie haben also Nachrichten für mich? Sie können mir helfen?«
Er nickte und erwiderte vorwurfsvoll: »Im Zug, Madame, zeigten Sie sich ziemlich begriffsstutzig. Sind Sie so sehr gewohnt, übers Wetter zu sprechen?«
»Übers Wetter?«
Sie starrte ihn verwirrt an. Was hatte er denn im Zug über das Wetter gesagt? Kalt? Neblig? Schnee? Schnee! Das war das Wort, das Olivia im Sterben gemurmelt

hatte – Schnee, schöner Schnee –, und Sylvia wiederholte stockend diese beiden Worte.

»Richtig – aber warum antworteten Sie nicht sofort darauf, wie befohlen?«

»Ich bin sehr krank gewesen, Monsieur Laurier. Mein Flugzeug stürzte ab, und ich lag mit einer schweren Gehirnerschütterung im Krankenhaus. Mein Gedächtnis hat seitdem gelitten. Jetzt geht es wieder so ziemlich, aber da sind immer noch große Lücken – leere Stellen –«, sie legte die Hand an die Stirn und fuhr mit zitternder Stimme fort: »Sie können nicht begreifen, wie schrecklich das ist – ich fühle, wichtige Dinge vergessen zu haben –, und je mehr ich darüber nachgrüble, desto tiefer weichen sie ins Dunkel zurück.«

»Ja«, sagte Laurier kühl, »dieses Flugzeugunglück war ein unvorhersehbarer, ein unangenehmer Zwischenfall. Es ist fraglich, ob Sie die nötige Energie zur Fortsetzung Ihrer Reise aufbringen können.«

»Natürlich kann ich sie fortsetzen«, schrie Sylvia, »mein Mann –«, ihre Stimme brach.

»Soweit ich unterrichtet bin«, sagte er, »werden Sie von Ihrem Mann sehnlichst erwartet.«

»Sie haben keine Vorstellung davon«, stammelte sie, »was mein Dasein seit seinem Verschwinden gewesen ist.«

»Glauben Sie, daß die britischen Behörden sich über Ihr Wissen oder Nichtwissen im klaren sind?«

Sylvia zuckte hilflos die Achseln.

»Wie kann ich das sagen? Sie schienen mit meiner Aussage zufrieden gewesen zu sein. Aber«, fügte sie langsam hinzu, »ich glaube, ich werde beschattet. Ich kann keine bestimmte Person angeben, aber ich habe das unabweisbare Gefühl, daß ich seit meiner Abreise aus England unter Beobachtung stehe.«

»Natürlich«, sagte Laurier kalt, »wir haben nichts anderes erwartet.«

»Ich dachte, ich müßte Sie warnen.«

»Meine liebe Mrs. Betterton, wir sind keine kleinen

Kinder. Wir wissen, was wir zu tun haben.«

»Es tut mir leid«, versetzte Sylvia demütig, »daß ich so töricht bin.«

»Das schadet nichts, wenn Sie nur gehorchen.«

»Ich werde gehorchen«, versprach Sylvia leise.

»Sie wurden in England seit der Abreise Ihres Mannes ständig überwacht. Aber Sie haben unsere Botschaft trotzdem bekommen?«

»Ja.«

»Nun«, fuhr Laurier fort, »werde ich Ihnen weitere Instruktionen geben.«

»Ich bitte darum.«

»Übermorgen werden Sie nach Marrakesch aufbrechen. Wie ich aus Ihren Zimmerbestellungen ersehe, haben Sie das ohnehin vorgehabt. Am Tag nach Ihrer Ankunft in Marrakesch werden Sie ein Telegramm aus England erhalten. Was darinstehen wird, weiß ich nicht, aber es wird Sie veranlassen, augenblicklich Vorbereitungen für Ihre Rückkehr nach England zu treffen.«

»Ich soll nach England zurück?« fragte Sylvia verblüfft.

»Bitte, hören Sie mir genau zu. Ich bin noch nicht zu Ende. Sie werden einen Platz belegen in einem Flugzeug, das am folgenden Tag Casablanca verläßt.«

»Und wenn schon alles besetzt ist?«

»Es wird nicht alles besetzt sein, dafür ist gesorgt. Verstehen Sie nun?«

»Ja, ich verstehe.«

»Dann gehen Sie jetzt zu Ihrem Führer zurück, der auf Sie wartet. Übrigens, haben Sie nicht die Bekanntschaft einer amerikanischen und einer englischen Dame gemacht, die ebenfalls im Palais Djamai abgestiegen sind?«

»Ja, es ließ sich nicht gut vermeiden. War das ein Fehler?«

»Durchaus nicht. Es paßt sogar recht gut in unsere Pläne. Wenn Sie eine der Damen veranlassen könnten, Sie nach Marrakesch zu begleiten, um so besser. Leben Sie nun wohl, Madame.«

»Auf Wiedersehen, Monsieur Laurier.«

»Es ist nicht sehr wahrscheinlich, daß wir uns je wiedersehen werden«, entgegnete er kalt. Sylvia ging durch die
jetzt nicht mehr verriegelte Tür zurück und fand ihren
Führer im Teezimmer wartend vor.
»Ich habe einen sehr guten Wagen aufgetrieben«, sagte
er, »wir werden nun eine interessante Fahrt machen.«

»So, Sie fahren morgen nach Marrakesch«, sagte Miss
Hetherington, »da haben Sie sich aber nicht sehr lange
Zeit für Fes genommen. Wäre es nicht einfacher gewesen,
zuerst nach Marrakesch, dann nach Fes zu gehen und
später nach Casablanca zurückzufahren?«
»Das mag sein«, antwortete Sylvia, »aber es ist eine so
schwierige Sache mit den Vorbestellungen. Hier ist alles
überfüllt.«
»Aber nicht mit Engländern. Nur Franzosen.«
Sylvia lächelte schwach. Miss Hetherington hatte offenbar
vergessen, daß Marokko eine französische Kolonie war.
»Franzosen und Deutsche und Armenier und sogar Grie-
chen gibt es hier«, fiel Mrs. Baker mit glucksendem
Lachen ein, »wenigstens glaube ich, daß dieser zerzauste
kleine alte Mann ein Grieche ist.«
»So sagte man mir«, bemerkte Sylvia.
»Er scheint etwas Bedeutendes zu sein«, fuhr Mrs. Baker
fort, »die Kellner überschlagen sich förmlich, wenn sie
ihn bedienen.«
»Ich würde mich freuen, wenn sie beide mit mir nach
Marrakesch kämen«, sagte Sylvia, »wir verstehen uns so
gut, und es ist so langweilig, allein zu reisen.«
»Ich war aber doch schon dort«, erwiderte Miss Hetherington mißmutig. Doch Mrs. Baker schien an Sylvias
Idee Gefallen zu finden.
»Warum eigentlich nicht«, sagte sie. »Es ist schon Monate
her, daß ich in Marrakesch war. Ich würde ganz gern noch
einmal einen Sprung hinüber machen, und ich könnte Sie
dort herumführen und Ihnen alles zeigen. Nur so lernt
man einen Ort richtig kennen.«
Miss Hetherington erhob sich sichtlich verärgert.

»Das ist echt amerikanisch«, sagte sie, als Mrs. Baker gegangen war, um ihre Reisevorbereitungen zu treffen, »von einem Platz zum andern rennen – heute in Ägypten, morgen in Palästina. Sie wissen manchmal gar nicht, in welchem Land sie gerade sind.«

Sie preßte die Lippen zusammen, packte sorgfältig ihr Strickzeug zusammen und verließ Sylvia mit einem flüchtigen Nicken.

Sylvia setzte sich in dem dämmrigen Raum auf einen Diwan und dachte an die Zukunft. Noch gestern früh hatte sie gar nicht recht an ihre Mission geglaubt. Und nun sollte sie schon heute ihre gefährliche Reise antreten. Sie mußte sehr, sehr vorsichtig sein, um sich nicht zu verraten. Sie mußte Olivia Betterton spielen, die nicht sehr gebildete, amusische, aber ihrem Mann blind ergebene Ehefrau. Wie fremd sie sich doch in Marokko fühlte, diesem geheimnisvollen Land voll orientalischen Märchenzaubers!

Sie sah auf die mattbrennende Lampe, die neben ihr stand. Würde ihr wohl ein Dschinn erscheinen, wenn sie, wie Aladin, ihren kupfernen Sockel rieb? Und bei diesem Gedanken angelangt, erstarrte sie. Denn, als sei ihr Gedanke Wirklichkeit geworden, erschien über der Lampe das faltenreiche Antlitz von Monsieur Aristides. Er verbeugte sich höflich, ehe er sich an ihrer Seite niederließ, und sagte:

»Sie erlauben, Madame?«

Sylvia neigte den Kopf. Er bot ihr eine Zigarette an und nahm sich selbst eine.

»Wie gefällt Ihnen dieses Land, Madame?« eröffnete er die Unterhaltung.

»Ich bin erst zu kurz hier, um mir schon eine Meinung bilden zu können. Aber es scheint sehr schön zu sein.«

»Sind Sie auch im alten Fes gewesen, und hat es Sie beeindruckt?«

»Ich finde es wunderbar.«

»Ja, es ist auch wunderbar. Hier hat sich der ganze Zauber des Orients in den winkligen, alten Gassen erhalten.

Wissen Sie, was ich denke, Madame, wenn ich durch diese Gassen schlendre?«

»Nun?«

»Ich denke an Ihre große Geschäftsstraße in London. Ich denke an die großen Fabriken und an ihre von Neonlicht erhellten Arbeitsräume, in denen die Menschen von draußen bei ihrer Arbeit beobachtet werden können. Da gibt es nicht einmal Vorhänge an den Fenstern. Es ist so, als habe man einem Ameisenhaufen die Kuppe abgeschnitten.«

»Sie wollen damit sagen, daß es der Gegensatz ist, der Sie fasziniert?« fragte Sylvia lebhaft.

»Ja«, nickte Aristides, »hier in Fes ist alles düster, verborgen, alles spielt sich im Dunkeln ab. Aber« – er beugte sich vor und tippte mit dem Finger auf die kupferne Platte des Tischchens – »hier wie dort finden Sie doch dieselben Dinge, die gleichen Grausamkeiten, die gleichen Formen der Unterdrückung, der gleiche Machthunger, die gleiche Profitgier.«

»Dann wollen Sie also sagen, daß die menschliche Natur überall die gleiche ist?«

»In jedem Land, Madame. Und sowohl in der Vergangenheit wie in der Gegenwart herrschen zwei Mächte: Grausamkeit und Barmherzigkeit. Die eine oder die andere. Manchmal sogar beide zugleich.«

Ohne Übergang wechselte er das Gesprächsthema.

»Man hat mir gesagt, Madame, daß Sie eines der Opfer des Flugzeugabsturzes in Casablanca sind?«

»Ja, das stimmt.«

»So beneide ich Sie«, erklärte Aristides.

Sylvia sah ihn bei dieser unerwarteten Schlußfolgerung erstaunt an.

Er nickte bekräftigend: »Ja, Sie sind zu beneiden. Sie haben ein wirkliches Erlebnis gehabt. Ich möchte gern so haarscharf am Tode vorbeigegangen sein wie Sie. Sind Sie seitdem nicht ein ganz anderer Mensch geworden, Madame?«

»Ja, ich habe dieses Gefühl zuweilen, aber es ist ein sehr

unangenehmes Gefühl. Ich leide seitdem an bösen Kopfschmerzen, und mein Gedächtnis hat sehr nachgelassen.«

»Das sind Nebensächlichkeiten«, erwiderte Aristides
mit einer wegwerfenden Handbewegung, »verglichen
mit der Bedeutung des vorangegangenen Erleb-
nisses.«

»Ja, in gewisser Beziehung habe ich eine innere Um-
wandlung durchgemacht«, sagte Sylvia langsam. Aber
sie dachte dabei nicht an den Flugzeugabsturz der Olivia
Betterton, sondern an vier gewisse kleine Päckchen.

»Sehen Sie«, sagte Monsieur Aristides unzufrieden,
»und ich habe so vieles erlebt, aber eine solche Erfahrung fehlt mir.«

Er stand auf, verbeugte sich mit den Worten: »*Mes
hommages*, Madame«, und ging.

8

Flugplätze sehen doch alle irgendwie gleich aus, dachte
Sylvia. Alle liegen sie außerhalb der Stadt und machen
darum einen öden und verlassenen Eindruck. Und warum muß man nur immer so lächerlich früh da sein? Sie
hatten beinahe eine halbe Stunde im Warteraum ver-
bracht, und Sylvia war schon ganz betäubt von dem
unaufhörlichen Redefluß Mrs. Calvin Bakers, die sich ihr
wirklich angeschlossen hatte.

Aber nun wurde Mrs. Bakers Interesse glücklicherweise
durch zwei andere Reisende gefesselt, die in ihrer Nähe
Platz benommen hatten. Es waren zwei junge Männer,
beide blond und hochgewachsen. Der eine, um dessen
Lippen ständig ein freundliches Lächeln spielte, schien
Amerikaner zu sein, der andere ein sehr ernst und
versonnen aussehender Skandinavier.

Offenbar war der Amerikaner entzückt, in Mrs. Baker
eine Landsmännin zu entdecken. Diese übernahm es,

40

ihre Reisegefährtin als Mrs. Olivia Betterton vorzustellen.

»Ich heiße Andrew Peters, von meinen Freunden Andy genannt«, sagte der junge Amerikaner. Der andere stand auf, verbeugte sich ungelenk und nannte seinen Namen: »Torquil Ericsson.«

»So, nun kennen wir uns alle«, sagte Mrs. Baker hochbefriedigt. »Fliegen Sie auch nach Marrakesch? Meine Freundin hier besucht es zum ersten Mal.«

»Auch wir besuchen Marrakesch zum ersten Mal«, sagte Peters.

Eine Lautsprecherstimme forderte die Wartenden auf, sich zum Flugzeug zu begeben. Außer Mrs. Baker und Sylvia gab es noch vier Passagiere: Peters, Ericsson, einen hageren Franzosen und eine ernstblickende Nonne.

Es war ein klarer, sonniger Tag, der einen ruhigen Flug versprach. Sylvia lehnte sich in ihren Sitz zurück und betrachtete aus halbgeschlossenen Augen ihre Mitreisenden. Auf der anderen Seite saß Mrs. Baker, die in ihrem grauen Reisekostüm wie eine dicke, zufriedene Ente wirkte. Sie unterhielt sich offenbar gut mit dem vor ihr sitzenden Peters. Sylvia gegenüber saß der junge Norweger. Hinter ihr hatte die Nonne Platz genommen – stocksteif hockte sie da, mit stumpfem, gleichgültigem Gesichtsausdruck. In ihrer mittelalterlichen Ordenstracht wirkte sie sehr seltsam als Passagier eines so neuzeitlichen Beförderungsmittels.

Sylvia schloß die Augen und vergaß ihre Mitreisenden. Sie dachte an ihre Vorschriften und überprüfte ihr Verhalten. Hatte sie auch alles richtig gemacht? War ihr kein Fehler unterlaufen? Plötzlich fiel ihr ein, daß Laurier die Tatsache ihrer Überwachung in Marokko ganz selbstverständlich gefunden hatte. Und nun sollte sie nach England zurück. Das war doch verrückt? Oder hatte sie versagt, und man wollte sie loswerden? Sie brauchte nicht zu »verschwinden« wie ihr Mann, sie war nur noch eine harmlose Reisende. Sie würde über Paris nach England gehen – und vielleicht in Paris – ja, natürlich in Paris, wo

41

Thomas Betterton verschwunden war, da konnte man eine Entführung viel besser über die Bühne bringen. Unter diesen Überlegungen war sie unvermerkt eingeschlummert. Wie lange sie geschlafen hatte, wußte sie nicht, als sie mit einem plötzlichen Ruck auffuhr: Das Flugzeug befand sich schon in der Landungsphase und beschrieb immer engere Kreise. Sie sah auf die Uhr. Aber die zeigte noch nicht die Stunde der Ankunft in Marrakesch. Auch konnte sie durch einen Blick aus dem Fenster feststellen, daß sich weit und breit kein Flughafen befand. Alles höchst sonderbar!

Der hagere Franzose stand auf, gähnte, streckte sich und sagte irgend etwas auf französisch, das sie nicht verstand.

Ericsson rief: »Es scheint, daß wir hinuntergehen – aber warum nur?«

»Wir landen offenbar«, entgegnete Sylvia, wozu Mrs. Baker bestätigend nickte. Das Flugzeug verlor zusehends an Höhe. Die Gegend unter ihnen schien vollkommen verödet. Da waren noch nicht mal einzelne Häuser, geschweige denn Dörfer zu sehen. Das Flugzeug setzte auf, rollte aus und kam dann zum Stillstand. Es war eine etwas gewaltsame Landung auf einem vollkommen verödeten Platz. War etwas mit den Motoren geschehen?

Der Pilot, ein südländisch aussehender, hübscher junger Mann, kam aus dem Cockpit und sagte, indem er den Gang zwischen den Passagieren entlangschritt: »Bitte, steigen Sie alle aus!«

Er öffnete die hintere Tür, ließ eine Leiter hinab und überwachte von oben das Aussteigen der Reisenden. Als sie auf der Erde standen, begannen sie zu frösteln, denn es war kühl hier, und der Wind strich scharf von den Bergen herüber, deren Kuppen mit Schnee bedeckt waren und in einzigartiger Schönheit leuchteten. Zuletzt stieg der Pilot aus und sagte auf französisch:

»Sind alle beisammen? Entschuldigen Sie, daß Sie einige Minuten warten müssen. Aber nein, ich sehe, da kommt er schon.«

Er deutete auf einen kleinen Punkt am Horizont, der sich rasch vergrößerte.

»Aber warum sind wir denn hier gelandet«, fragte Sylvia verwirrt, »und wie lange müssen wir hier bleiben?«

»Da scheint ein größeres Auto zu kommen«, sagte der Franzose, »mit dem werden wir sicher weiterfahren können.«

»Ist die Maschine defekt?« fragte Sylvia.

Andy Peters erwiderte heiter: »Nein, das glaube ich nicht, das Flugzeug schien mir ganz in Ordnung zu sein. Aber was nicht ist, kann ja noch werden.«

Sylvia sah ihn verblüfft an, und Mrs. Baker murmelte: »Unangenehm, diese Herumsteherei. So ist's mit diesem Klima. Man glaubt, es sei sonnig und warm, aber sobald die Sonne untergeht, wird es eiskalt.«

Der Pilot fluchte leise vor sich hin und sagte etwas, das klang wie: »Immer diese unerträglichen Verzögerungen.«

Der Wagen näherte sich ihnen auf einem halsbrecherischen Weg. Der Fahrer, ein Berber, hielt das Gefährt mit Karacho an, sprang heraus und wurde sofort von dem Piloten in ein aufgeregtes Gespräch verwickelt. Zu Sylvias größter Überraschung mischte sich Mrs. Baker in die Unterhaltung.

»Verlieren wir keine Zeit«, sagte sie mit großer Bestimmtheit, »wozu die Streiterei? Wir wollen so rasch wie möglich von hier weg.«

Der Fahrer zuckte die Achseln, ging zu seinem Wagen und ließ die bewegliche Rückwand herunter. In der Öffnung sah man eine riesige Kiste. Daß sie sehr schwer sein mußte, merkte man an der Anstrengung, mit der der Pilot, unterstützt von Peters und Ericsson, sie herunterhob und auf den Boden stellte.

Als der Deckel geöffnet wurde, legte Mrs. Baker ihre Hand auf Sylvias Arm und sagte:

»Ich würde nicht hinschauen, meine Liebe. Es ist kein schöner Anblick.« Und sie führte Sylvia auf die andere Seite des Wagens.

Der Franzose und Peters schlossen sich ihnen an, und ersterer fragte: »Was wird denn da eigentlich gespielt?«

»Sie sind gewiß Dr. Barron?« fragte Mrs. Baker, worauf sich der Franzose zustimmend verbeugte.

»Ich freue mich, Sie kennenzulernen«, und dabei reichte sie ihm die Hand, als wäre sie eine Gastgeberin, die einen Gast willkommen heißt.

Immer noch völlig verwirrt, sagte Sylvia: »Aber ich verstehe gar nichts. Was ist in dieser Kiste? Und warum soll man nicht sehen, was darin ist?«

Peters sah sie prüfend an. Dann sagte er: »Ich weiß, was die Kiste enthält. Der Pilot sagte es mir. Es handelt sich um keine sehr erfreuliche Sache, aber um eine notwendige.«

Und ruhig fügte er hinzu: »Es sind Leichen in der Kiste.«

»Leichen!« Sylvia starrte ihn entsetzt an.

»Oh, die Leute sind nicht ermordet worden oder dergleichen«, beruhigte er sie. »Man hat sie auf ganz legale Weise erworben. Für medizinische Zwecke, müssen Sie wissen.«

Aber er merkte, daß Sylvia immer noch nicht begriff.

»Sehen Sie, Mrs. Betterton, hier hat unsere Reise ein Ende. Wenigstens der eine Teil der Reise. Man wird die Toten in unser Flugzeug laden, dann wird der Pilot das Seinige tun, und wenn wir von hier wegfahren, so werden wir aus einiger Entfernung beobachten können, wie Flammen aus dem Flugzeug schlagen. Was ist denn schon dabei? Wieder einmal eine Maschine, die in Flammen aufgeht – keine Überraschung.«

»Wie phantastisch das alles klingt. Aber warum?«

»Aber Sie wissen doch sicher, wohin wir jetzt fahren?« Es war Dr. Barron, der diese Frage an Sylvia richtete.

In liebenswürdigem Ton mischte sich Mrs. Baker ein: »Natürlich weiß sie es. Aber vielleicht glaubte sie nicht, daß der Augenblick des Aufbruchs schon gekommen sei.«

Nach kurzer Pause fragte Sylvia: »Wir haben also alle das gleiche Ziel?«
»Gewiß«, erwiderte Peters freundlich, »wir sind Reisegefährten.«
Und der junge Norweger bestätigte mit seltsamer Betonung: »Ja, wir sind Reisegefährten!«

9

Der Pilot kam jetzt auf sie zu und sagte: »Sie sollten Ihre Reise nun fortsetzen, und zwar so rasch wie möglich. Es bleibt noch viel zu tun, und wir haben unseren Zeitplan nicht einhalten können.«
Bei dem Wort »Zeitplan« zuckte Sylvia zusammen und griff sich nervös an den Hals. Die kleine Perlenkette, die sie trug, zerriß, und die Perlen fielen zu Boden. Sie sammelte sie auf und barg sie in ihrer Handtasche.
Dann bestiegen alle nacheinander den Wagen, Sylvia saß auf einer langen Bank zwischen Peters und Mrs. Baker.
Sie wandte sich an letztere mit den Worten: »Sie – Sie sind also das gewesen, was man einen Verbindungsmann nennt?«
»Die Bezeichnung trifft den Nagel auf den Kopf, und ich muß selbst sagen, daß ich mich gut dazu eigne. Niemand findet etwas dabei, wenn eine Amerikanerin herumreist und sich die Welt ansieht.«
Sie war immer noch die plumpe, ständig lächelnde Person; aber Sylvia spürte trotzdem eine deutliche Veränderung. Die konventionelle Tünche war verschwunden, und Mrs. Baker entpuppte sich als eine tatkräftige, unter Umständen erbarmungslose Frau.
«Das gibt eine großartige Schlagzeile für die Presse«, sagte sie und lachte, »ich meine Sie, mein Liebe. Vom Unheil verfolgt, wird man sagen. Zuerst verlieren Sie beinahe Ihr Leben durch den Flugzeugabsturz in Casa-

45

blanca, und dann kommen Sie bei einem abermaligen Unglück um.«

Plötzlich durchschaute Sylvia den klug durchdachten Plan. »Und unsere anderen Reisegefährten«, murmelte sie, »sind sie wirklich das, was sie vorgeben?«

»Gewiß. Dr. Barron ist Bakteriologe, soviel ich weiß. Mr. Ericsson ein sehr guter Physiker. Mr. Peters Nahrungsmittelchemiker. Miss Needheim ist natürlich keine Nonne, sondern gleichfalls Wissenschaftlerin. Ich bin, wie ich schon sagte, weiter nichts als Verbindungsmann. Ich gehöre nicht zu diesem Gelehrtenzirkel.«

Sie lachte und fügte hinzu: »Diese Miss Hetherington hatte nie eine Chance.«

»War denn Miss Hetherington...?«

Mrs. Baker nickte nachdrücklich. »Gewiß, sie war auf Sie angesetzt. Sie blieb Ihnen in Casablanca ständig auf den Fersen.«

»Aber warum schloß sie sich uns nicht an, obwohl ich sie darum bat?«

»Das hätte Verdacht erregt, nachdem sie doch kurz vorher in Marrakesch gewesen war. So gab sie statt dessen irgendeine Botschaft nach Marrakesch durch, und dort wird man Sie in Empfang nehmen – wenn Sie kommen. Ist das nicht ein Spaß? Aber sehen Sie, sehen Sie, es brennt!«

Als sich Sylvia nun aus dem durch die Wüste rasenden Wagen lehnte, sah sie in der Ferne eine düstere Glut und hörte von weither den schwachen Knall einer Explosion.

Peters warf den Kopf zurück und lachte. »Da sterben nun sechs Menschen – auf dem Flug nach Marrakesch.«

»Es ist schrecklich«, flüsterte Sylvia.

»Sie meinen den Sprung ins Unbekannte?« fragte Peters ernst. »Gewiß, aber es ist der einzig mögliche Weg. Wir lassen die Vergangenheit hinter uns und weihen unsere Kraft der Zukunft. Wir schütteln den Staub des alten Europa von unseren Füßen, wir wenden seinen korrupten Regierungen, seinen Kriegshyänen den Rücken. Eine neue Welt tut sich vor uns auf – die Welt der Wissenschaft, befreit von altem Moder und alten Vorurteilen.«

Sylvia atmete tief auf. »So pflegte mein Mann sich auszudrücken.«

»Ihr Mann?« fragte er mit einem raschen Blick auf sie. »War das Thomas Betterton?«

Sylvia nickte.

»Oh, das ist großartig. Ich lernte ihn in den Staaten nicht näher kennen, obwohl ich ihn öfters gesehen habe. Die ZE-Spaltung ist eine der glänzendsten Entdeckungen unseres Zeitalters – ja, vor dem muß man den Hut ziehen. Er hat doch bei dem alten Mannheim gearbeitet?«

»Ja«, bestätigte Sylvia einsilbig.

»Man erzählte mir, er habe Mannheims Tochter geheiratet. Aber das können doch nicht Sie sein –«

»Ich bin seine zweite Frau«, fiel ihm Sylvia ins Wort, »sie – Elsa – starb in Amerika.«

»Ich erinnere mich. Dann ging er nach England, um dort weiterzuarbeiten...«

Er lachte plötzlich auf.

»Und schließlich nutzte er eine Konferenz in Paris und verschwindet nach... ins Niemandsland.«

Und mit sichtlichem Respekt fügte er hinzu: »Man kann wohl sagen, daß sie solche Dinge ausgezeichnet organisieren.«

Das mußte Sylvia zugeben. Hervorragend der Plan, sechs Leichen mit dem Flugzeug verbrennen zu lassen und den sechs ursprünglichen Fahrgästen den Sprung ins Unbekannte zu ermöglichen. Niemand würde ihnen nachforschen, niemand würde glauben, daß sie noch unter den Lebenden weilten. Würden Jessop und seine Helfer ahnen, daß sie, Sylvia, sich nicht unter den sechs oder sieben verbrannten Leichen befand? Es war nicht wahrscheinlich. Dazu hatte alles zu gut geklappt.

Peters fuhr fort, mit Enthusiasmus von dem künftigen Leben zu sprechen.

»Ich hätte nur gern gewußt, wohin es geht«, sagte er.

Sylvia ging es genauso. Darum wandte sie sich an Mrs. Baker und fragte:

»Wohin fahren wir – was wird die nächste Etappe sein?«

»Das werden Sie schon noch früh genug erfahren«, antwortete Mrs. Baker, und bei aller Freundlichkeit lag doch etwas Zurechtweisendes, Einschüchterndes in ihrer Stimme.

Sie fuhren weiter, während die Sonne langsam unter den Horizont sank. Die Nacht brach herein. Und je dunkler es wurde, desto deutlicher konnten sie weit hinten den Schein des verbrennenden Flugzeugs sehen. Zuweilen schien es, als ob der Wagen über roh angelegte Wege holpere, dann wieder fuhr er querfeldein. Eine richtige Straße gab es überhaupt nicht. Lang blieb Sylvia wach, aufgewühlt, wie sie war, aber schließlich schlummerte sie trotz des Stoßens und Rüttelns des Wagens ein.

Sie erwachte durch einen starken Ruck. Der Wagen war plötzlich stehengeblieben. Peters rüttelte sie sanft am Arm.

»Aufwachen!« sagte er. »Wir scheinen irgendwo angelangt zu sein.«

Alle stiegen aus, mit steifgewordenen, schmerzenden Gliedern. Es war noch ganz finster. Kaum konnte man ein von Bäumen umgebenes Haus wahrnehmen. In einiger Entfernung blinkten schwache Lichter. Vielleicht lag dort ein Dorf. Beim Schein einer Laterne führte man sie ins Haus. Es war das Haus eines Einheimischen, und ein paar Berberfrauen steckten tuschelnd die Köpfe zusammen, lachten und starrten Sylvia und Mrs. Baker neugierig an. Dagegen zeigten sie für die Nonne keinerlei Interesse.

Man brachte die drei Frauen in einen Raum im oberen Stockwerk. Auf dem Boden lagen drei Matratzen und einige Kissen.

»Ich bin ganz steif«, stöhnte Mrs. Baker, »kein Wunder nach dem schrecklichen Gerüttel.«

»Unbequemlichkeiten spielen keine Rolle«, sagte die

Nonne in korrektem Englisch, aber mit grauenhaftem Akzent.

»Sie spielen Ihre Rolle gut, Miss Needheim«, meinte die Amerikanerin. »Ich kann Sie mir vorstellen, wie Sie im Kloster um vier Uhr morgens auf dem harten Steinboden knien.«

Miss Needheim lächelte verächtlich.

»Das Christentum hat aus den Frauen Närrinnen gemacht«, sagte sie, »demütige Dienerinnen des Mannes. Dabei sind Frauen mindestens so stark und intelligent wie Männer und können um der Sache willen alles ertragen. Sie werden dazu beitragen, daß der Endsieg errungen wird – wie bei den Germanen.«

»Sicher«, sagte Mrs. Baker gähnend, »ich wollte aber doch lieber, ich wäre in meinem Zimmer in Fes im Hotel Djamai. Wie steht's mit Ihnen, Mrs. Betterton? Haben Sie die unbequeme Fahrt gut überstanden? War ja nicht gerade das geeignete für Ihren Zustand.«

»Nein, tatsächlich nicht.«

»Man wird uns jetzt etwas zu essen bringen, dann gebe ich Ihnen ein Aspirin, und Sie werden gut schlafen.«

Auf der Treppe wurden Schritte und weibliches Kichern hörbar. Die Berberfrauen brachten ein vollbeladenes Tablett herein. Sie setzten es auf den Boden. Daneben stellten sie ein Becken mit Wasser und legten ein Handtuch dazu.

Eine von ihnen befühlte Sylvias Mantel, rieb den Stoff zwischen ihren Fingern. Bei Mrs. Bakers Mantel machten sie es ebenso. Dann tauschten sie aufgeregt ihre Meinungen darüber aus. Wieder zeigten sie nicht das geringste Interesse an der Nonne.

»Husch, husch«, rief Mrs. Baker und klatschte in die Hände, als ob sie Hühner aus einem Gemüsebeet verjagte.

Die Frauen lachten und gingen hinaus.

»Törichte Geschöpfe«, sagte Mrs. Baker, »man muß viel Geduld mit ihnen haben. Sie haben nur Interesse für Kinder und Kleider.«

»Etwas anderes verlangt man auch nicht von ihnen«, sagte Miss Needheim, »sie gehören einer Sklavenrasse an und sind gerade gut genug zum Dienen.«

»Sind Sie nicht ein wenig ungerecht?« fragte Sylvia, gereizt durch die überhebliche Art der Dame.

»Ich habe keinen Sinn für Sentimentalitäten«, antwortete Miss Needheim. »Die Menschheit besteht nun mal aus Herrschenden und Gehorchenden.«

Mrs. Baker unterbrach die Unterhaltung.

»Wir haben alle unsere persönlichen Ansichten über diese Dinge«, sagte sie, »aber die Zeit, um darüber zu diskutieren, ist schlecht gewählt. Wir müssen uns jetzt so lange und so gut wie möglich ausruhen.«

Sie tranken Pfefferminztee, und Sylvia schluckte ihre Aspirintablette. Dann sanken die drei Frauen in Schlummer. Sie schliefen weit in den folgenden Tag hinein, da sie, wie Mrs. Baker gesagt hatte, doch nicht vor dem Abend aufbrechen würden. Als sie sich endlich erhoben, öffnete Mrs. Baker die Tür: Davor lagen Kleider, die man inzwischen gebracht hatte, säuberlich getrennt in drei kleine Stapel.

»Wir werden jetzt die Tracht der Einheimischen anziehen und unsere europäischen Sachen hierlassen.«

Die drei zogen sich um – und bald darauf saßen auf dem Dach des Hauses drei Berberfrauen, die sich englisch miteinander unterhielten.

Sylvia fühlte sich nicht besonders wohl in dieser Gesellschaft. Vor allem, weil sie nicht wußte, was sie von Mrs. Baker halten sollte. War sie auch eine Fanatikerin? Träumte auch sie von einer neuen Welt? Haßte auch sie den Kapitalismus? Das alles war nicht zu enträtseln.

Abends ging die Reise weiter. Aber diesmal in einem offenen Wagen, wie er für Ausflüge benutzt wird. Die ganze Gesellschaft war nun in marokkanischer Tracht, die Männer im weißen Burnus, die Frauen überdies verschleiert. Eng zusammengerückt fuhren sie durch die Nacht.

»Wie geht es Ihnen, Mrs. Betterton?«

Es war Andy Peters, der diese Frage an sie richtete. Die Sonne war soeben aufgegangen, und man hielt an, um zu frühstücken. Es gab das landesübliche Brot, Eier und Tee, den man auf einem Petroleumkocher zubereitete.

»Ich fühle mich wie in einem Traum«, antwortete sie auf seine Frage. »Wo sind wir denn eigentlich?«

Er zuckte die Achseln.

»Das wird unsere Mrs. Baker am ehesten wissen.«

»Das ist ein furchtbar ödes Land hier.«

»Ja, die richtige Wüste. Aber das muß so sein, finden Sie nicht?«

»Sie meinen, damit wir keine Spuren hinterlassen?«

»Genau. Mir scheint, das Ganze ist hervorragend durchdacht: Ein Flugzeug geht in Flammen auf; ein alter Karren taucht auf und bringt uns weiter; am nächsten Tag fährt eine Gesellschaft von Berbern durch die Gegend – ein durchaus unauffälliger Anblick. Und was das nächste sein wird –«, er zuckte die Achseln, »wer weiß das?«

Jetzt schaltete sich Dr. Barron in das Gespräch ein.

»Ach«, sagte er, »wir fragen immer nach dem, was sein wird, anstatt den Tag zu genießen. Das Leben ist doch so kurz. Man müßte Zeit haben – Zeit – Zeit«, und er warf den Kopf leidenschaftlich in den Nacken.

Peters wandte sich an Sylvia.

»Wie heißen die vier Freiheiten, von denen man in Ihrem Lande spricht? Frei von Not, frei von Furcht...«

»... und frei von Dummköpfen«, unterbrach der Franzose bitter. »Das ist es, was ich mir wünsche, deshalb bin ich hier. Ich will frei sein von allem, was mich an der Arbeit hindert.«

»Sie sind Bakteriologe, Dr. Barron?«

»Ja. Und für meine Forschungen ist viel Zeit, viel Material, viel Geld notwendig. Und wenn man das alles hat, was sollte man sich dann überhaupt noch wünschen?«

»Glück«, sagte Sylvia.

»Ach, Sie sind eine Frau, Madame. Frauen wollen immer glücklich sein.«

»Das Glück des einzelnen ist nicht von Bedeutung«,

versetzte Peters ernst, »die ganze Welt muß glücklich und einig sein. Die Wissenschaft und ihre Ergebnisse sollen für alle da sein und nicht nur zum Nutzen einiger weniger.«

»Sie haben recht«, meinte Ericsson zustimmend, »die Gelehrten, die Wissenschaftler müssen regieren. Sie allein sind wichtig. Die Sklaven sollen gut behandelt werden, aber sie sind und bleiben Sklaven.«

Sylvia entfernte sich ein paar Schritte von der Gruppe.

Peters folgte ihr und sagte scherzend: »Mir scheint, Sie sind ein wenig erschrocken?«

»Das gebe ich gern zu. Was Dr. Barron da sagte, ist ja richtig. Ich bin nur eine Frau ohne wissenschaftlichen Ehrgeiz. Ich sehne mich nach Glück – wie jede andere törichte Frau auch.«

»Und was ist denn so Schlimmes dabei?«

»Ach, ich fühle mich dieser hochgelehrten Gesellschaft nicht würdig. Ich bin nur eine Frau, die nach ihrem verschwundenen Mann sucht.«

»Auf Ihrer Einstellung basiert das ganze menschliche Leben.«

»Es ist nett, daß Sie es so auslegen.«

»Sorgen Sie sich sehr um Ihren Mann?« fragte Peters leise.

»Wäre ich sonst hier?«

»Wahrscheinlich nicht. Teilen Sie seine Anschauungen? Er ist wohl Kommunist?«

Sylvia umging eine direkte Antwort.

»Übrigens, ist Ihnen an unserer kleinen Gruppe nichts aufgefallen?«

»Wieso?«

»Nun, wir haben doch alle dasselbe Ziel, und doch scheinen die einzelnen Anschauungen stark voneinander abzuweichen.«

»Tatsächlich. Bisher habe ich noch gar nicht weiter darüber nachgedacht – aber Sie haben recht.«

»Dr. Barron scheint mir politisch gänzlich uninteressant«, fuhr Sylvia fort, »er will nur Geld für seine Versuche und ein gutes Laboratorium. Helga Needheim ist eine Faschistin – keine Kommunistin. Und Ericsson –«

»Was ist mit dem?«

»Ich habe Angst vor ihm – er ist wie besessen und wirkt beinahe wie eine exzentrische Figur in einem Film.«

»Und ich glaube an die Verbrüderung der Menschheit, und Sie sind eine liebende Frau, und unsere Mrs. Baker – was machen wir mit der?«

»Ich werde nicht klug aus ihr.«

»Und doch ist das gar nicht so schwer. Die denkt nur ans Geld. Sie ist ein gutbezahltes Rädchen im Getriebe.«

»Aber ich habe auch vor ihr Angst. Sie scheint so bedeutungslos, und doch ist sie in Wirklichkeit ein maßgebender Faktor bei der ganzen Sache.«

Peters sagte grimmig: »Die Partei ist sehr realistisch eingestellt und bedient sich stets der geeignetsten Kräfte.«

»Aber ist denn jemand, der es vor allem auf Geld abgesehen hat, am geeignetsten für eine solche Aufgabe? Könnte sie nicht die Seite wechseln, wenn die anderen mehr bieten?«

»Das wäre ein großes Risiko. Dazu ist sie zu klug.«

Da Sylvia fröstelte, führte Peters sie ein wenig hin und her.

Mit einem Mal bückte er sich und sagte:

»Sie haben etwas verloren.«

»Oh, das ist eine Perle aus meiner Kette. Ich habe sie neulich – nein, gestern – zerrissen. Ach, das scheint schon wieder ein Menschenalter her zu sein.«

»Hoffentlich sind die Perlen nicht echt?«

»Nein, zum Glück nicht.«

Er zog sein Zigarettenetui aus der Tasche und hielt es ihr hin.

»Was für ein schweres Etui«, sagte sie verwundert.

»Weil es aus Blei ist, eine Erinnerung an eine Bombe, die mich verfehlt hat.«

»So, haben Sie den Krieg mitgemacht?«

»Ich war einer von denen, die kontrollieren mußten, ob

die Bomben richtig losgehen. Aber wir wollen nicht vom Krieg reden, sondern lieber an morgen denken.«

»Aber wohin geht es denn nur? Kein Mensch will es uns sagen.«

»Es hat keinen Sinn, darüber nachzugrübeln. Sie gehen einfach, wohin man Sie führt, und tun, was Ihnen gesagt wird.«

»Finden Sie es vielleicht schön, an der Strippe herumgezogen zu werden wie eine Marionette?« fragte sie leidenschaftlich.

»Wenn's nötig ist, werde ich es ertragen. Und es ist nötig. Alles ist doch besser als das Chaos, in dem wir heutzutage leben. Finden Sie das nicht auch?«

Einen Augenblick war Sylvia versucht, ihre wahre Meinung zu sagen. War es nicht besser, ein menschlich fühlendes Wesen zu sein, als zu einer Gesellschaft hochintelligenter Roboter zu gehören, die allem, was Barmherzigkeit, Verständnis und Liebe hieß, den Abschied gegeben hatte? Aber sie nahm sich zusammen und sagte statt dessen mit geheuchelter Begeisterung:

»Sie haben völlig recht! Ich bin eben abgespannt. Natürlich müssen wir gehorchen und unseren Weg gehen.«

10

Warum hat man sich eigentlich so viel Mühe gegeben, unsere Spuren zu verwischen, dachte Sylvia. Soviel ich weiß, hat keiner ein Verbrechen begangen, um dessentwillen er von der Polizei verfolgt wird. Und doch wollen alle ihr früheres Leben aufgeben und ein ganz neues beginnen. Bei ihr traf das sogar buchstäblich zu. Sie war nicht mehr Sylvia Craven, sondern Olivia Betterton. Und sie fühlte sich unsicher gegenüber ihren neuen Schicksalsgenossen. Noch nie war sie in so engem Kontakt mit Wissenschaftlern gewesen, die noch dazu völlig verschiedene Ansichten hatten. Dr. Barron dachte nur an sein

Laboratorium und an die Entdeckungen, die er machen würde. Diesen Fanatismus konnte sie noch einigermaßen begreifen. Aber Miss Needheim stand sie vollkommen verständnislos gegenüber, und sogar in Andy Peters' Augen glomm manchmal ein Funke auf, der ihr Schrekken einjagte.

»Ihr wollt gar keine neue Welt aufbauen«, sagte sie einmal zu ihm, »ihr wollt nur die alte zerstören.«

»Ganz gewiß nicht, Olivia. Wie können Sie nur so etwas sagen?«

»Nein, ich habe recht, denke ich. In Ihnen wohnt der Haß. Sie wollen zerstören.«

Doch Ericsson war ihr am rätselhaftesten von allen. Er war in ihren Augen ein Träumer – aber darum keineswegs weniger gefährlich oder beunruhigend als die anderen.

»Wir müssen die Welt erobern«, pflegte er zu sagen, »wir müssen sie erobern, um sie beherrschen zu können.«

»Wir?« fragte sie.

»Ja, wir, die Geistesheroen. Wir sind die einzigen, die zählen.«

Sylvia kam zu dem Ergebnis, daß alle in ihrer Art Fanatiker waren – außer Mrs. Baker. Bei ihr gab's keinen Fanatismus, keinen Haß, keinen Ehrgeiz, keine Träume. Und doch war sie eine Frau ohne Herz und Gewissen; ein williges Instrument in der Hand einer unbekannten Macht.

Es war am Ende des dritten Tages. Sie hatten eine kleine Stadt erreicht und waren in einem Gasthaus untergebracht worden. Hier erhielten sie ihre europäische Kleidung zurück.

Früh am nächsten Morgen wurde Sylvia von Mrs. Baker geweckt.

»Die Fahrt geht weiter«, sagte sie, »das Flugzeug wartet schon.«

»Das Flugzeug?«

»Ja doch, wir reisen jetzt wieder auf zivilisierte Weise.«

In einer Stunde hatten sie den Flugplatz erreicht, der aussah wie eine ehemalige Militäranlage. Der Pilot war

Franzose. Sie flogen einige Stunden über die Berge hinweg und dann, früh am Nachmittag, ging das Flugzeug langsam runter.

Obwohl es eine wilde Berggegend zu sein schien, vermochte die Maschine doch auf einem flachen Platz zu landen. Es war ein richtiger Flugplatz mit einem Gebäude. Die Landung ging ohne Störung vor sich. Mrs. Baker führte sie in das Haus, neben dem zwei große Limousinen mit ihren Fahrern warteten. Es schien ein Privatflugplatz zu sein, denn außer ihnen war niemand zu sehen.

»Nun sind wir am Ziel unserer Reise«, sagte Mrs. Baker heiter. »Wir werden uns jetzt frisch machen und umziehen. Und dann steigen wir in die Autos.«

»Wir sind am Ziel unserer Reise?« fragte Sylvia erstaunt. »Aber wir haben doch noch gar nicht das Meer überflogen?«

»Haben Sie das denn erwartet?« fragte Mrs. Baker amüsiert.

»Aber ja«, stammelte Sylvia, »ich dachte...«

Mrs. Baker nickte.

»Ja, das denken die meisten. Man redet viel Unsinn über den Eisernen Vorhang. Aber daß es überall einen Eisernen Vorhang geben kann, das vergessen die Leute.«

Sie wurden von zwei arabischen Dienerinnen empfangen. Nachdem sie sich gewaschen und umgezogen hatten, setzten sie sich zu einem Kaffee mit belegten Brötchen und Gebäck nieder. Als sie fertig waren, sah Mrs. Baker auf ihre Uhr.

»Und nun, liebe Leute, lebt wohl«, sagte sie, »hier werde ich mich von euch verabschieden.«

»Gehen Sie denn nach Marokko zurück?« fragte Sylvia überrascht.

»Besser nicht. Ich bin doch im Flugzeug verbrannt. Nein, ich werde einen anderen Weg einschlagen.«

»Aber irgend jemand könnte Sie wiedererkennen«, gab Sylvia zu bedenken, »irgend jemand, der Sie in Casablanca oder Fes gesehen hat.«

»Das wäre dann eine leicht erklärliche Verwechslung«,

56

entgegnete Mrs. Baker. »Ich habe jetzt einen anderen Paß, und eine Schwester von mir, eine Mrs. Calvin Baker, ist verunglückt. Wir sehen uns sehr ähnlich, meine Schwester und ich.«

Sie lachte. Da sie mit Sylvia etwas abseits von den anderen stand, fragte diese:

»Wer sind Sie nun eigentlich?«

»Warum wollen Sie das wissen?«

»Ich möchte es einfach gern wissen. Wir sind doch so lange zusammengewesen, ohne daß ich das mindeste über Sie erfahren habe.«

»Sie wollen offenbar jeden, dem Sie begegnen, auf Herz und Nieren prüfen, meine Liebe«, sagte Mrs. Baker. »Ich gebe Ihnen den guten Rat, sich das abzugewöhnen.«

»Ich weiß nicht einmal, aus welchem Teil der Vereinigten Staaten Sie kommen«, beharrte Sylvia.

»Das ist auch ganz unwichtig. Ich bin fertig mit meinem Vaterland und kann aus gewissen Gründen nie mehr dorthin zurück. Und wenn ich ihm einen Schaden zufügen könnte, würde ich es mit Freuden tun.«

Ihre sonst so gleichgültigen Züge wurden einen Augenblick durch wilden Haß entstellt.

Dann sagte sie in ihrer freundlichen, unpersönlichen Art:

»Leben Sie wohl, Mrs. Betterton. Ich hoffe, daß Sie Ihren Mann gesund wiederfinden werden.«

Hilflos entgegnete Sylvia: »Ich weiß nicht einmal, in welchem Teil der Welt ich mich befinde.«

»Das kann ich Ihnen gern sagen. Jetzt besteht kein Grund mehr, es geheimzuhalten. Sie befinden sich an einem abgelegenen Ort im Atlasgebirge.«

Damit ging Mrs. Baker, um sich von den übrigen zu verabschieden. Sie winkte noch einmal zurück und begab sich zu dem wartenden Flugzeug.

Sylvia fröstelte: Hier verlor man nun die letzte Verbindung zur anderen Welt. Neben ihr stand Peters. Er schien ihre Gedanken zu erraten.

»Der Ort, von dem man nie zurückkehrt«, sagte er leise.

Und Dr. Barron fügte hinzu:

»Haben Sie noch immer Mut, Madame, oder würden Sie lieber mit Ihrer amerikanischen Freundin in die Welt zurückkehren, die Sie verlassen haben?«

»Könnte ich das denn überhaupt, selbst wenn ich es wollte?« fragte Sylvia.

Der Franzose zuckte die Achseln.

»Schwer zu sagen.«

»Soll ich Mrs. Baker zurückrufen?« fragte Peters schnell.

»Auf gar keinen Fall«, sagte sie heftig.

Und Miss Needheim bemerkte vorwurfsvoll:

»Hier ist kein Platz für schwächliche und verzagte Weiber.«

»Sie ist nicht schwach«, korrigierte Dr. Barron mild, »aber sie überlegt sich alles, wie jede andere gescheite Frau es auch tun würde.«

Und Ericsson bemerkte mit seiner hohen, nervösen Stimme:

»Wie kann jemand zurückwollen, der die Freiheit vor sich sieht?«

Worauf Sylvia antwortete:

»Wenn man nicht die Wahl hat, zu gehen oder zu bleiben, so kann von Freiheit nicht die Rede sein.«

Die Unterhaltung wurde unterbrochen durch die Meldung, daß die Wagen zur Abfahrt bereit seien.

Man stieg in die wartenden Cadillacs, deren Fahrer uniformiert waren.

Sylvia setzte sich neben den einen und fing ein Gespräch mit ihm an.

»Wie lange werden wir fahren?« fragte sie.

»Vom Flugplatz zum Krankenhaus? Etwa zwei Stunden. Madame.«

Sylvia war durch diese Auskunft unangenehm überrascht. Inzwischen hatte sie auch bemerkt, daß Miss Needheim sich umgezogen hatte und jetzt einen weißen Kittel trug.

»Von welchem Krankenhaus sprechen Sie?« fragte sie und erhielt die begeisterte Antwort:

58

»Ach, Madame, es ist wundervoll eingerichtet, ganz modern, und man tut dort alles für die Kranken, was möglich ist. Diese Kranken mußten früher auf einer abgelegenen Insel leben, wo sie elend zugrunde gingen. Aber durch die neue Behandlungsmethode von Dr. Kolini werden fast alle, auch die schwersten Fälle, geheilt.«

»Es ist aber eine sehr abgelegene Gegend für ein Krankenhaus.«

»Oh, Madame, solche Kranken wollen einsam leben. Und die Luft ist herrlich hier. Da, sehen Sie«, er deutete nach vorn.

Sie näherten sich einer langgestreckten Bergkette, und dicht an diese geschmiegt lag ein leuchtendweißes Gebäude.

»Dieses Haus zu bauen hat eine ungeheure Menge Geld gekostet. Aber man sagt auch, daß unser Herr zu den reichsten Männern der Welt gehört.«

Er lenkte das Auto einen Zickzackweg hinauf. Schließlich hielten sie vor einem hohen eisernen Gittertor.

»Hier müssen Sie aussteigen, Madame, denn mit dem Wagen darf ich nicht durch das Tor fahren. Die Garage liegt einen Kilometer entfernt von hier.«

Die vier stiegen aus.

Zwar war am Tor ein großer Klingelknopf vorhanden, aber man brauchte nicht zu klingeln. Das Tor schwang weit auf. Eine weißgekleidete Gestalt mit einem freundlich lächelnden schwarzen Gesicht verbeugte sich und forderte zum Eintreten auf.

Die kleine Gruppe durchschritt das Tor. Zur Rechten desselben, ebenfalls durch ein Gitter abgeschlossen, befand sich ein großer Hof, in dem menschliche Gestalten auf und ab gingen.

Als sie sich umwandten, um die Neuankömmlinge zu mustern, entfuhr Sylvia ein Ausruf des Schreckens:

»Aber das sind ja Aussätzige!«

Und ein Schauder überlief sie.

Die Gitter der Leprakolonie schlossen sich hinter ihnen mit metallischem Klang.

Durch Sylvias Kopf gingen die Danteschen Verse: »*Lasciate ogni speranza voi ch'entrate*.« Dies war das Ende. Von hier gab es keine Rückkehr mehr.

Damals in Casablanca hatte sie zu Jessop gesagt: Und wenn ich Betterton gegenüberstehe? Und er hatte mit ernster Miene geantwortet, daß dies der gefährlichste Augenblick sein würde. Er hatte hinzugefügt, daß er hoffe, sie dann beschützen zu können, aber Sylvia glaubte nicht mehr an diesen Schutz.

War vielleicht Miss Hetherington Jessops Agentin gewesen? Aber die hatte man ja bereits abgehängt. Und selbst wenn nicht – was hätte sie hier schon ausrichten können? Hier war man endgültig eingesperrt.

Und das gerade jetzt, wo ihr Lebensmut, ihr Interesse am Leben wiedererwacht waren. Wohl dachte sie noch an Brendas Grab und an Norberts Treulosigkeit mit Trauer und Wehmut, aber nicht mehr mit jener kalten Verzweiflung, die sie beinahe in den Tod getrieben hatte.

Ich lebe wieder, dachte sie, ich fühle wieder den Reiz des Lebens – aber ich bin gefangen wie die Maus in der Falle. Gäbe es doch einen Weg, von hier zu entrinnen ...

Und wenn nun Betterton sagte: »Das ist nicht meine Frau«, was würde dann geschehen? Sie würde als Spionin gelten. Wenn sie ihm hingegen zuvorkäme und ausriefe: »Das ist nicht mein Mann!«? Aber sollte sie Betterton in eine so schlimme Lage bringen? War das anständig? –

Ihre wild durcheinanderpurzelnden Überlegungen fanden ein Ende, als ein großer, gutaussehender Mann erschien und die kleine Gesellschaft aus der anderen Welt willkommen hieß, jeden in seiner Muttersprache.

»*Enchanté de faire votre connaissance, mon cher docteur*«, sagte er zu Dr. Barron und dann, sich an Sylvia wendend: »*Ah, Mrs. Betterton, we are very pleased to welcome you.*

Your husband is very well and, naturally, awaiting you with impatience.« Er lächelte vertraulich, ohne daß seine kalten farblosen Augen von diesem Lächeln zu wissen schienen.

»Sie müssen große Sehnsucht nach ihm gehabt haben!«

Sylvia wurde von einem momentanen Schwindelgefühl ergriffen – sie wankte.

Peters streckte seinen Arm nach ihr aus und stützte sie.

»Wahrscheinlich wissen Sie nicht, daß Mrs. Betterton in Casablanca einen schweren Unfall hatte«, sagte er zu dem Gastgeber, »und die Reise eine große Anstrengung für sie war. Sie sollte sich in einem verdunkelten Zimmer etwas ausruhen, bevor sie ihren Mann aufsucht.«

Sylvia hörte die besorgte Stimme, fühlte den stützenden Arm. Aber das Schwindelgefühl wollte nicht weichen. Sie war einer Ohnmacht nahe. Sollte sie nicht einfach umfallen? Dann würde man sie erst mal in Ruhe lassen – natürlich würde ihr besorgter Mann kommen, würde sich über sie beugen... und beim ersten Ton ihrer Stimme, beim ersten Blick auf sie, würde er trotz des verdunkelten Zimmers erkennen, daß sie nicht Olivia war.

Ihre Energie kehrte zurück. Sie richtete sich auf, und das Blut kehrte in ihre blassen Wangen zurück. Wenn nun alles zu Ende war, so wollte sie wenigstens tapfer sein. Sie wollte zu Betterton gehen, und wenn er sie entlarvte, so würde sie es mit einer letzten Lüge versuchen und sagen: »Nein, ich bin nicht Ihre Frau. Ihre Frau ist leider tot. Ich habe sie im Krankenhaus gesehen, bevor sie starb. Ich versprach ihr, Ihnen ihren letzten Gruß zu überbringen. Sie sehen, ich wollte Ihnen nur helfen...«

Aber war das nicht zu durchsichtig? Wie den falschen Paß, den gefälschten Kreditbrief erklären? Nun, auf jeden Fall konnte sie wenigstens den Versuch machen.

Sie löste sich sanft aus Peters' Arm und sagte:

»O nein. Ich muß Tom sehen – und zwar gleich – bitte!«

Der große Mann schien gerührt (obwohl seine kalten Augen sie nach wie vor aufmerksam beobachteten) und sagte:

»Aber natürlich, Mrs. Betterton. Ich verstehe Sie sehr gut. Ah, da ist übrigens Miss Jennson.«

Ein mageres, bebrilltes Mädchen trat zu der Gruppe.

»Miss Jennson, ich möchte Sie mit Mrs. Betterton, Miss Needheim, Dr. Barron, Mr. Andrew Peters, Dr. Ericsson bekannt machen. Tragen Sie sie bitte in das Register ein und lassen Sie eine Erfrischung kommen. Ich bin gleich wieder da. Ich will nur Mrs. Betterton schnell zu ihrem Mann bringen.«

Und an Sylvia wandte er sich mit den Worten:

»Folgen Sie mir bitte, Mrs. Betterton.«

Er ging voran. Bei einer Biegung des Ganges drehte sie sich noch einmal um und sah die Augen Andy Peters' voller Sorge auf sie gerichtet. Er sah unglücklich und gequält aus. Und sie dachte mit einem leichten Beben: »Vielleicht sehe ich ihn jetzt zum letzten Mal!«

Sie hob die Hand und winkte ihm zu.

»Kommen Sie«, sagte ihr Führer liebenswürdig. »Sie werden sich anfangs nur schwer in unserm Haus zurechtfinden, denn da sind so viele Gänge, und einer sieht aus wie der andere.«

Ein Traum, ein Alpdruck, dachte Sylvia , lange, lange weiße Gänge, in denen man sich verläuft...

Dann sagte sie: »Ich habe nicht erwartet, daß hier – ein Krankenhaus ist.«

»Aber nein, nein – wie sollten Sie.«

Schien es ihr nur so, oder lag in seiner Stimme ein leicht sarkastischer Unterton?

»Sie mußten, wie man zu sagen pflegt, im dunkeln tappen. Mein Name ist übrigens Dr. Paul van Heidem.«

Er verbeugte sich kurz.

»Mir kommt alles so fremd vor und – etwas erschreckend – diese Aussätzigen...«

»Natürlich, natürlich. So ganz unerwartet. Das erschreckt unsere Neulinge immer – aber mit der Zeit gewöhnt man sich daran... nun noch diese Treppe hier – gleich sind wir da...«

Gleich – gleich – jede dieser Treppenstufen führt ins
Verderben – und wieder die weißen Gänge – bis van
Heidem endlich vor einer Tür stehenblieb. Er klopfte,
wartete einen Augenblick und öffnete dann die Tür.

»So, Betterton – da sind wir. Ihre Frau.«

Er ging einen Schritt zur Seite. Sylvia trat ein. Kein
Zögern jetzt! Kein feiger Rückzug! Kopf hoch! Hinein ins
Verderben!

Am Fenster stand, halb ins Zimmer gewandt, ein Mann.
Ein überraschend gutaussehender übrigens, wie sie verblüfft feststellte. So hatte sie sich Thomas Betterton nicht
vorgestellt! Vielleicht war das Foto, das man ihr gezeigt
hatte, auch nur unvorteilhaft gewesen. Sie ging schnell
auf ihn zu, dann drehte sie sich plötzlich um und sagte
laut und enttäuscht:

»Aber das ist ja nicht Tom – das ist ja gar nicht mein
Mann...«

Es war ein guter Schachzug, sie fühlte es genau. Sie sah
van Heidem verwirrt an.

Und dann lachte Tom Betterton ein heiteres, beinahe
triumphierendes Lachen.

»Ist es nicht tadellos gemacht, van Heidem«, fragte er,
»wenn mich sogar die eigene Frau nicht erkennt?«

Mit ein paar raschen Schritten war er bei ihr und schloß
sie fest in die Arme.

»Olivia, Liebling! Natürlich kennst du mich. Ich bin ganz
gewiß dein Tom, wenn ich auch nicht mehr so aussehe
wie früher.« Er legte sein Gesicht an das ihrige und
drückte seine Lippen an ihr Ohr.

Sie vernahm ein heiseres Flüstern: »Spiel weiter, um
Gottes willen!«

Er ließ sie einen Augenblick los und zog sie dann wieder
an sich. »Liebling! Es scheinen mir Jahre, Jahre her zu
sein, seit ich dich das letzte Mal gesehen habe. Aber nun
bist du endlich da.«

Sie fühlte einen warnenden Druck seiner Hand auf ihrer
Schulter. Dann gab er sie frei, drehte sich sanft ein wenig
hin und her und sah prüfend in ihr Gesicht.

»Ich kann es immer noch nicht fassen«, sagte er mit glücklichem Lachen, »glaubst du nun endlich, daß ich's wirklich bin?« Gleichzeitig tauchten seine Augen mit warnendem Blick in die ihrigen.

Sie war vollständig verblüfft. Das kam ja einem Wunder gleich, wie sich diese Sache löste!

Erleichtert spielte sie ihre Rolle weiter.

»Tom!« hauchte sie. »O Tom, was hat man denn mit dir gemacht?«

»Eine Gesichtsplastik«, erklärte er hastig, »Hertz aus Wien ist hier. Er ist ein Genie. Behaupte also nicht, daß du dich nach meiner häßlichen alten Nase sehnst.«

Er küßte sie leicht und wandte sich dann entschuldigend an den wartenden van Heidem.

»Verzeihen Sie, van Heidem«, sagte er.

»Aber gewiß, gewiß«, lächelte der Holländer nachsichtig.

»Es ist so lange her, seit ich –«, sie schwankte ein wenig, »ach bitte, wenn ich mich einen Moment setzen könnte.«

Schnell führte Thomas Betterton sie zu einem Sessel.

»Das ist ganz natürlich, Liebling. Diese schreckliche Reise! Und diese unglückselige Flugzeuggeschichte.« (Man wußte hier also von dem Absturz!)

»Ja, die ist mir schlecht bekommen«, sagte Sylvia entschuldigend, »ich vergesse seitdem so vieles und leide oft unter schrecklichen Kopfschmerzen. Und dann finde ich dich noch dazu mit total verändertem Aussehen wieder. Ich bin ganz verwirrt, Liebling. Du wirst deine Last haben mit mir.«

»Du eine Last? Nie! Nimm nur nichts tragisch. Hier hat man reichlich Zeit, sich zu erholen.«

Van Heidem wandte sich höflich zur Tür.

»Ich will jetzt gehen«, sagte er, »später bringen Sie doch Ihre Frau ins Aufnahmezimmer, nicht wahr, Betterton? Jetzt haben Sie sicher den Wunsch, ein wenig ungestört zu sein.«

Er ging hinaus und schloß die Tür hinter sich.

Sofort warf sich Betterton auf die Knie und drückte sein Gesicht an ihre Schulter.

»Liebling, Liebling!« sagte er.

Wieder fühlte sie den warnenden Druck seiner Finger. Ein nur ihr vernehmbares, eindringliches Flüstern drang an ihr Ohr.

»Spiel weiter – vielleicht ist ein Mikrophon hier – man weiß nie.«

Das war's – man wußte nie... Hier herrschten Furcht, Unsicherheit, Gefahr – überall Gefahr – die ganze Atmosphäre war erfüllt davon.

»Es ist so wunderbar, dich hier zu haben«, sagte Tom laut.

»Ach, Tom – es ist wie ein schöner Traum, hier mit dir zusammenzusein – ich kann es kaum glauben.«

Sie legte beide Hände auf seine Schultern und sah ihn lächelnd an. (Schließlich konnte es ebensogut Zuschauer am Schlüsselloch geben wie Horcher am Mikrophon.) Sachlich und kühl prüfte sie sein Gesicht. Er war wirklich ein sehr gut aussehender Mann, aber offensichtlich von lähmender Angst beherrscht und am Rande seiner Nervenkraft – ein Mensch, der voller Hoffnungen hierhergekommen war und nun ... aber sie hatte jetzt vor allem ihre Rolle als Olivia Betterton zu spielen.

»Mir kommt es wie ein Menschenalter vor, seit wir zusammen in Fairbanks waren«, sagte sie, »erinnerst du dich an die brave Whiskers – sie bekam Junge, gerade als du weggegangen warst...«

»Ich habe mit meinem früheren Leben Schluß gemacht und ein neues angefangen.«

»Und bist du glücklich in diesem neuen Leben?«

»Es ist ein herrliches Leben« – aus einem freundlich lächelnden Gesicht starrten sie angstvolle, gehetzte Augen an –, »wir leben hier unter den angenehmsten Bedingungen. Und diese fabelhafte Organisation – unglaublich.«

»Oh, sicher. Und die interessante Reise hierher – bist du auf demselben Weg gekommen?«

65

»Über solche Dinge darf man nicht sprechen. Das mußt du so rasch wie möglich lernen.«

»Aber die Aussätzigen! Ist es wirklich eine Leprakolonie?«

»Ja, und eine ganze Schar von Ärzten ist um sie bemüht. Du brauchst dich deshalb nicht zu beunruhigen; sie sind ganz getrennt untergebracht.«

Sylvia sah sich um.

»Und dies hier ist unsere Wohnung?«

»Ja. Hier ist das Wohnzimmer, darüber das Schlafzimmer mit Bad. Komm, ich führe dich herum.«

Sie stand auf und folgte ihm in den oberen Stock. Auf ein hübsch gekacheltes Badezimmer folgte ein schön möblierter Schlafraum mit einem Doppelbett, eingebauten geräumigen Schränken, einem Toilettentisch und einem Bücherregal.

Sylvia betrachtete amüsiert den großen Kleiderschrank.

»Ich wüßte nicht, was ich da hineinhängen sollte«, sagte sie, »alles, was ich besitze, trage ich auf dem Leib.«

»Oh, das macht nichts. Wir haben hier eine Bekleidungsabteilung mit allem, was dazugehört. Alles erster Klasse und hier im Hause. Man braucht keinen Schritt auszugehen.«

Er sagte das alles ganz natürlich und locker. Und doch kam es Sylvia vor, als ob hinter jedem Wort die Verzweiflung lauere. Sie dachte: Besser, ich frage nicht zuviel, es könnte jemand zuhören. Werden wir abgehört? Oder ist Betterton nur übertrieben nervös? Er scheint mir einem Zusammenbruch nahe. Vielleicht bin ich in einem halben Jahr in einem ähnlichen Zustand?

»Möchtest du dich vielleicht ein wenig hinlegen?« unterbrach Tom ihren Gedankengang.

»Nein, lieber nicht.«

»Dann komm bitte mit mir ins Aufnahmebüro.«

»Was versteht man darunter?«

»Die Daten jeder Neuankömmlinge werden dort registriert: allgemeiner Gesundheitszustand, Zähne, Blutdruck, Blutgruppe, seelische Reaktionen, Neigungen, Abneigungen, Allergien, Fähigkeiten, Begabungen, Vorzüge – einfach alles.«

»Das klingt aber sehr militärisch – oder vielleicht medizinisch?«

»Beides«, sagte Betterton, »diese Organisation ist – einfach überwältigend.«

»Ja«, erwiderte Sylvia, »man sagt, daß hinter dem Eisernen Vorhang einfach alles geplant wird.«

Sie versuchte, ihrer Stimme eine begeisterte Färbung zu verleihen. Schließlich war ja Olivia Betterton linksgerichtet gewesen.

Betterton sagte ausweichend: »Du wirst mit der Zeit alles verstehen.«

Er küßte sie mit eiskalten Lippen, flüsterte ihr ins Ohr: »Spiel weiter!« und fügte laut hinzu: »Und jetzt wollen wir in die Registratur gehen!«

12

Im Aufnahmebüro saß eine Dame, die aussah wie eine Gouvernante. Betterton stellte seine Frau vor und entfernte sich dann. Nachdem die Gestrenge Olivia nach allen Richtungen hin ausgefragt und sich alles notiert hatte, sagte sie:

»So, das wäre erledigt. Sie müssen nun zu Dr. Schwartz zur ärztlichen Untersuchung.«

Dr. Schwartz entpuppte sich als eine liebeswürdige Frau.

Nachdem sie alle Befunde Olivias eingetragen hatte, sagte sie: »Nun werden Sie noch von Dr. Rubec untersucht.«

»Wer ist das?« fragte Sylvia.

»Unser Psychologe.«

»Ich kann Psychologen nicht ausstehen«, rief Sylvia.

»Aber Mrs. Betterton, regen Sie sich doch nicht auf. Man

will Sie schließlich keiner Behandlung unterziehen. Es geht nur um die Feststellung Ihrer geistigen Fähigkeiten und Ihrer Persönlichkeitsmerkmale.«

Dr. Rubec war ein melancholisch dreinblickender Schweizer in mittleren Jahren. Er prüfte zuerst die Karte, die ihm Dr. Schwartz reichte, und nickte zufrieden.

»Sie haben eine gute Konstitution, wie ich sehe. Soviel mir bekannt ist, haben Sie einen Flugzeugabsturz überlebt?«

»Ja«, antwortete Sylvia, »ich habe einige Tage im Krankenhaus in Casablanca gelegen.«

»Nur einige Tage? Das war zu kurz«, wandte der Arzt ein. »Sie hätten viel länger dortbleiben sollen.«

»Aber ich wollte nicht länger dortbleiben. Ich wollte zu meinem Mann.«

»Das war verständlich, aber nicht vernünftig. Sie mögen sich im Augenblick wohl fühlen, was aber nicht ausschließt, daß sich von Zeit zu Zeit immer noch Nachwirkungen einstellen. Ihre Nervenreflexe sind nicht ganz in Ordnung. Zum Teil mag auch die Reise dazu beigetragen haben, zum Teil aber sind sie unzweifelhaft eine Nachwirkung des Unfalls. Fühlen Sie gar keine Beschwerden?«

»Doch. Ich leide öfters unter Kopfschmerzen und habe Gedächtnislücken. Zuweilen bringe ich alles durcheinander, und an manche Dinge kann ich mich überhaupt nicht erinnern.«

Beruhigend sagte Dr. Rubec: »Ja, ja, aber regen Sie sich nicht darüber auf. Das wird vorübergehen. Nun möchte ich Ihre Persönlichkeitsstruktur etwas genauer kennenlernen.«

Sylvia spürte eine leichte Nervosität, doch die Prüfung fiel befriedigend aus.

»Es ist erfreulich, Madame, jemanden zu treffen, der in keiner Hinsicht außergewöhnlich veranlagt ist. Bitte verstehen Sie das nicht falsch; es ist in meinen Augen ein Vorzug.«

Sylvia lachte.

Der Arzt aber fuhr ganz ernst fort: »Ihr Leben wird daher in geordneten Bahnen verlaufen.«

Er seufzte.

»Wir haben hier ganz andere Typen. Der Mann der Wissenschaft ist beileibe nicht so kalt und ruhig, wie man ihn sich vorzustellen pflegt. Tatsächlich unterscheiden sich ein erstklassiger Tennisspieler, eine Primadonna und ein Kernphysiker sehr wenig voneinander, was den Mangel an seelischer Stabilität betrifft.«

»Ja, Intellektuelle sind oft sehr unausgeglichen«, antwortete Sylvia. Sie mußte schließlich den Anschein erwecken, daß der Umgang mit Wissenschaftlern für sie etwas Alltägliches war.

Dr. Rubec hob die Hände: »Sie glauben gar nicht, Madame, was es hier für Aufregungen gibt. Streitereien, Eifersüchteleien, Empfindlichkeiten aller Art. Wir müssen ständig vermittelnd eingreifen. Aber Sie, Madame«, er lächelte, »Sie gehören zur Minderheit. Zu einer erfreulichen Minderheit, wenn ich mich so ausdrücken darf.«

»Ich verstehe nicht ganz.«

»Ich meine damit die Frauen«, erwiderte der Arzt, »wir haben kaum Frauen hier. Es werden nur wenige aufgenommen.«

»Womit beschäftigen sich die Frauen hier denn?« fragte Sylvia und fügte entschuldigend hinzu: »Ich bin eben erst angekommen und kenne mich noch nicht aus.«

»Natürlich, natürlich. Es gibt hier eine ganze Reihe von Beschäftigungs- und Unterhaltungsmöglichkeiten. Sie können arbeiten, lernen, spielen und tanzen – ganz nach Belieben.«

»Und wohin muß ich jetzt gehen?« fragte Sylvia, als er sich erhob und ihr die Hand schüttelte.

»Mademoiselle la Roche wird Sie in die Kleiderabteilung führen. Das Ergebnis« – hier verbeugte er sich – »wird ohne Zweifel sehr günstig ausfallen!«

Nach den eher strengen Frauen, die Sylvia bis jetzt kennengelernt hatte, war sie angenehm überrascht von Mademoiselle la Roche. Sie war früher Verkäuferin in

69

einem der große Pariser Modehäuser gewesen, und ihre Art wirkte ausgesprochen weiblich.

»Ich bin entzückt, Madame, Ihre Bekanntschaft zu machen, und ich hoffe, daß ich Ihnen von einigem Nutzen sein kann. Da Sie soeben erst angekommen und ohne Zweifel müde sind, würde ich Ihnen raten, zunächst nur das Notwendigste auszuwählen. Morgen und im Laufe der Woche können Sie dann unsere Bestände genauer prüfen und sich Zeit lassen. Es ist einfach ärgerlich, wenn man seine Auswahl in Hast und Eile treffen muß. Es beeinträchtigt das Vergnügen am Sich-Anziehen. Nehmen wir also, wenn ich vorschlagen darf, vorläufig nur eine Garnitur Unterwäsche, ein Dinnerkleid und vielleicht ein Kostüm.«

»Wie angenehm das in den Ohren eines Menschen klingt, der zur Zeit nichts besitzt als einen Schwamm und eine Zahnbürste«, sagte Sylvia.

Mademoiselle la Roche lachte liebenswürdig. Sie nahm Sylvia mit großer Gewandtheit Maß und führte sie dann in ein geräumiges Zimmer mit eingebauten Schränken. Da gab es Kleider in allen Größen, von tadellosem Schnitt und aus hochwertigen Stoffen.

Als sich Sylvia alles Nötige ausgesucht hatte, ging es in die kosmetische Abteilung, wo sie sich Puder, Cremes und andere Verschönerungsmittel zusammenpacken ließ. Dann wurde alles der Gehilfin, einem einheimischen, in tadelloses Weiß gekleideten Mädchen mit dunklem Gesicht, übergeben, mit der Weisung, alles in der Wohnung Mrs. Bettertons abzuliefern. Das Ganze kam Sylvia vor wie ein Traum.

»Hoffentlich haben wir das Vergnügen, Sie bald wiederzusehen«, sagte Mademoiselle la Roche freundlich. »Es ist sehr angenehm, Madame, mit Ihnen auswählen zu dürfen. Unter uns gesagt, es ist kein großes Vergnügen, die intellektuellen Damen zu bedienen. Sie haben so gar keinen Sinn für eine gute Toilette. Erst vor einer halben Stunde war eine Ihrer Reisegefährtinnen bei mir.«

»Helga Needheim?«

»Ach ja, das war ihr Name. Wenn sie ein wenig Sorgfalt auf sich verwenden wollte, so würde sie gar nicht schlecht wirken; sie könnte sogar sehr gut aussehen, wenn sie sich weniger spartanisch anzöge. Aber nein, sie interessiert sich nicht im mindesten für Kleider. Soviel ich verstanden habe, ist sie Ärztin. Spezialistin auf irgendeinem Gebiet. Hoffen wir, daß sie sich für ihre Patienten mehr interessiert als für ihr Aussehen. Aber so, wie sie sich herrichtet, würde kein Mann sich nach ihr umdrehen.«

In diesem Augenblick kam Miss Jennson herein, das magere bebrillte Geschöpf, das die Gesellschaft am Tor begrüßt hatte.

»Sind Sie fertig, Mrs. Betterton?« fragte sie.

»Ja, danke«, sagte Sylvia.

»Dann kommen Sie bitte mit mir zum stellvertretenden Direktor.«

Sylvia verabschiedete sich von Mademoiselle la Roche und folgte der ernsthaften Miss Jennson.

»Wer ist denn der stellvertretende Direktor?« fragte sie.

»Dr. Nielson.«

Hier scheint jedermann Doktor zu sein, dachte Sylvia.

»Doktor welcher Fakultät?« fragte sie. »Ist er Arzt oder Wissenschaftler?«

»Er ist kein Arzt, Mrs. Betterton. Er gehört zur Verwaltung. Alle Beschwerden sind an ihn zu richten. Er ist der Leiter unserer Vereinigung. Er läßt sich jedes neuangekommene Mitglied vorstellen. Dann bekommt man ihn nicht wieder zu sehen, außer bei ganz wichtigen Angelegenheiten.«

»Ich verstehe«, erwiderte Sylvia ganz verschüchtert. Sie kam sich vor wie ein Schüler, dem sein Platz angewiesen wird.

Bei der Anmeldung waren zwei Vorzimmer zu passieren, wo mehrere Sekretäre arbeiteten. Endlich durften sie das Allerheiligste betreten, in dem Dr. Nielson an einem geräumigen Schreibtisch saß. Er war ein großer

Mann von blühender Gesichtsfarbe und mit angenehmen Umgangsformen. Er wirkte ein wenig amerikanisch, obwohl er ohne amerikanischen Akzent sprach.

»Aha«, sagte er, kam hinter seinem Schreibtisch hervor und schüttelte Sylvia die Hand, »da ist ja unsere Mrs. Betterton. Ich freue mich, Sie kennenzulernen. Von ihrem bösen Unfall habe ich schon gehört – aber Sie sind ja noch mal glimpflich davongekommen. Ja, Sie können wirklich von Glück sagen. Nun, Ihr Gatte hat Sie mit großer Ungeduld erwartet, und hoffentlich gewöhnen Sie sich bald bei uns ein und fühlen sich wohl hier.«

»Danke, Dr. Nielson.«

Sylvia ließ sich in dem Sessel nieder, den er ihr hingeschoben hatte.

»Haben Sie irgendwelche Fragen?« meinte er ermunternd.

Sylvia lächelte verlegen.

»Das läßt sich schwer sagen. Ich hätte nämlich so viel zu fragen, daß ich gar nicht weiß, wo ich beginnen soll.«

»Das verstehe ich vollkommen. Aber wenn Sie meinen Rat annehmen wollen – es ist nichts weiter als ein Rat –, so würde ich an Ihrer Stelle gar nichts fragen. Ich würde mich anzupassen versuchen und die Augen offenhalten. Das ist das beste, glauben Sie mir.«

»Aber ich fühle mich so fremd hier«, klagte Sylvia, »alles ist so – so anders als erwartet.«

»Ja, das ging anfangs den meisten so. Vor allem dachten alle, es ginge nach Moskau.«

Er lachte vergnügt.

»Unsere abgelegene Kolonie bedeutete eine große Überraschung für sie.«

»Auch für mich war es eine Überraschung.«

»Wir sprechen nicht gern vorher darüber. Es wird dann zu viel geschwatzt, und wir lieben Diskretion. Aber Sie werden schon noch merken, daß es sich hier recht bequem leben läßt. Wenn Ihnen irgend etwas nicht paßt oder wenn Sie einen Wunsch haben, so machen Sie eine Eingabe, und wir werden sehen, was sich tun läßt.

Vielleicht interessieren Sie sich für künstlerische Dinge? Malerei, Musik, Plastik? Für alle diese Gebiete haben wir eine besondere Abteilung.«

»Ich bin leider in künstlerischer Hinsicht gar nicht begabt.«

»Nun, wir haben hier auch ein reges gesellschaftliches Leben. Wir haben Tennisplätze, wir veranstalten Zusammenkünfte. In ein paar Wochen werden Sie sich eingewöhnt haben. Ihr Mann ist mit seinen wissenschaftlichen Arbeiten beschäftigt, und die Frauen hier brauchen einige Zeit, bis sie passende weibliche Gesellschaft finden. Sie verstehen mich doch?«

»Aber muß man – muß man immer hier bleiben?«

»Hier bleiben? Das verstehe ich nicht ganz, Mrs. Betterton.«

»Ich meine, muß man immer hier bleiben und darf man nirgends hingehen?«

»Das hängt von Ihrem Mann ab«, erwiderte Dr. Nielson zögernd, »in erster Linie von ihm. Da gibt's verschiedene Möglichkeiten. Aber wir reden jetzt besser noch nicht darüber. Vielleicht sprechen wir uns wieder einmal – sagen wir, in drei Wochen. Dann können Sie mir erzählen, wie Sie sich eingelebt haben.«

»Kann man überhaupt ausgehen?«

»Ausgehen, Mrs. Betterton?«

»Ich meine, durch das Gitter hindurch.«

»Eine sehr verständliche Frage.«

In Dr. Nielsons Stimme lag viel menschliches Wohlwollen.

»Ja, sehr verständlich. Die meisten fragen das bei ihrer Ankunft. Aber das ist ja gerade der Vorteil unserer Gemeinschaft, daß sie eine Welt für sich bildet. Man hat gar keinen Grund, auszugehen. Draußen ist nur die Wüste. Ich will Sie durchaus nicht tadeln, Mrs. Betterton. Den meisten, die hierherkommen, liegt diese Frage am Herzen. Dr. Rubec nennt es die Furcht vor der Einsamkeit. Aber das geht vorüber. Das ist noch ein Überbleibsel aus der Welt, die Sie verlassen haben. Haben Sie je einen Ameisenhaufen beobachtet, Mrs. Betterton? Das krab-

belt und rennt hin und her mit ewiger Hast und Geschäf-
tigkeit. Und das Ganze ist doch bloß ein wirres Durcheinander – ein Abbild jener Welt, die Sie hinter sich gelassen
haben, Mrs. Betterton. Hier aber herrscht Ruhe. Zweck-
mäßigkeit, hier hat man Zeit zu allem. Hier ist das
Paradies auf Erden!« schloß er lächelnd.

13

»Hier ist es wie in einer Schule«, sagte Sylvia.
Sie war wieder in ihrer eigenen Wohnung. Die von ihr
ausgewählten Dinge lagen im Schlafzimmer. Sie hängte
die Kleider in den Schrank und ordnete die anderen
Sachen nach ihrem Gutdünken ein.
»Mir ging es anfangs genauso«, erwiderte Betterton.
Ihre Unterhaltung hatte immer etwas Gezwungenes. Die
Angst vor Wanzen lastete auf ihnen.
Unvermittelt sagte er:
»Ich glaube übrigens, daß alles in Ordnung ist. Vielleicht
hab ich mir auch nur alles eingebildet. Gleichwohl...«
Er brach ab, aber Sylvia wußte, was er hatte sagen
wollen: Aber gleichwohl ist es besser, vorsichtig zu
sein.
Die ganze Situation war wie ein Alpdruck auf Sylvia.
Sie teilte ihr Schlafzimmer mit einem gänzlich Frem-
den, und doch war das Gefühl der Unsicherheit und der
Furcht vor unbekannten Gefahren so stark, daß ihr das
seltsame Verhältnis zu diesem Mann gar nicht so deutlich zum Bewußtsein kam. Es war, so sagte sie sich, als
habe sie eine kleine Hütte auf einer Hochgebirgstour
mit Führern und anderen Bergkameraden zu teilen.
Nach kurzer Pause sagte Betterton:
»Man muß sich an alles gewöhnen. Wir wollen hier
geradeso leben, als ob wir noch zu Hause wären.«
Das war wohl das Vernünftigste. Das Gefühl der Un-
wirklichkeit würde gewiß noch einige Zeit anhalten. Sie

wollte vorläufig auch nicht danach fragen, warum Betterton England verlassen hatte, ob seine Hoffnungen enttäuscht worden waren oder nicht. Sie waren zwei Menschen, die eine Rolle zu spielen hatten und über denen eine unbekannte Drohung hing.

Darum sagte sie nur:

»Ich wurde auf jede nur mögliche Weise untersucht, in medizinischer und psychologischer Hinsicht und so weiter.«

»Ja, das wird hier immer so gemacht«, entgegnete er gleichgültig.

»Ist es dir ebenso ergangen?«

»Mehr oder weniger, ja.«

»Dann mußte ich zum stellvertretenden Direktor, wie sie ihn nannten.«

»Ja, das stimmt. Er leitet die Kolonie. Eine sehr tüchtige Kraft.«

»Aber er ist nicht die oberste Instanz?«

»O nein, das ist der Direktor selbst.«

»Werde ich den auch einmal zu sehen bekommen?«

»Vermutlich. Aber er läßt sich nicht oft blicken. Von Zeit zu Zeit schickt er Anweisungen. Er ist eine faszinierende Persönlichkeit.«

Eine leichte Falte erschien zwischen Bettertons Brauen. Das Thema schien ihm nicht besonders angenehm zu sein. Er sah auf seine Uhr.

»Um acht wird gegessen. Bist du fertig, können wir gehen?«

Sylvia hatte das neue grüne Kleid angezogen, das einen aparten Kontrast zu ihrem rotblonden Haar bildete. Sie legte noch eine hübsche Kette aus Similisteinen um den Hals, dann gingen sie durch lange Gänge und die Treppe hinunter in den großen Speisesaal.

Dort kam ihnen Miss Jennson entgegen.

»Ich habe Ihnen einen etwas größeren Tisch reservieren lassen, Tom«, sagte sie. »Sie werden mit einigen Reisegefährten Ihrer Frau zusammensitzen – und natürlich mit den Murchisons.«

Sie wandte sich dem bezeichneten Tisch zu. Es gab hier

75

keine Tafel, sondern nur Tische für etwa zehn Personen.

Andy Peters und Ericsson saßen schon und erhoben sich wieder, als Betterton und Sylvia zu ihnen traten. Sylvia stellte »ihren Mann« vor. Dann setzten sie sich, und Betterton machte alle mit Mr. und Mrs. Murchison bekannt.

»Simon und ich arbeiten im selben Labor«, sagte er erklärend. Simon Murchison war ein magerer, blutarmer junger Mensch von etwa sechsundzwanzig Jahren. Seine Frau war dunkel und stattlich. Sylvia hielt sie ihrem Akzent nach für eine Italienerin; sie hieß Bianca und begrüßte Sylvia höflich, wenn auch mit einer gewissen Zurückhaltung.

»Ich werde Sie morgen herumführen«, sagte sie. »Sie sind wohl nicht auf wissenschaftlichem Gebiet tätig?«

»Leider nicht«, entgegnete Sylvia, »vor meiner Verheiratung arbeitete ich als Sekretärin.«

»Bianca hat studiert«, sagte Mr. Murchison mit Nachdruck, »Ökonomie und Handelswissenschaften. Sie gibt auch Unterricht, aber hier ist nicht allzuviel zu tun.«

Bianca zuckte die Achseln.

»Wird schon werden«, sagte sie, »außerdem bin ich vor allem hergekommen, Simon, um bei dir zu sein. Übrigens könnte man hier manches besser organisieren. Da Mrs. Betterton nicht wissenschaftlich arbeitet, kann sie mir dabei vielleicht behilflich sein.«

Sylvia beeilte sich, begeistert zuzustimmen.

Und Peters erregte allgemeine Heiterkeit, als er seufzend sagte:

»Ich komme mir vor wie ein kleiner heimwehkranker Bub, der soeben im Internat abgeliefert wurde. Hoffentlich kann ich mich bald nützlich machen.«

»Hier kann man wunderbar arbeiten«, meinte Simon enthusiastisch, »vorbildliche Einrichtungen und nie eine Störung von außen.«

»Auf welchem Gebiet arbeiten Sie?« fragte Peters.

Und die drei Männer vertieften sich sofort in ein wissen-

76

schaftliches Gespräch; nicht alle der dabei vorkommen-
den Fachausdrücke waren Sylvia geläufig.

Sie wandte sich daher an Ericsson, der bequem zurückge-
lehnt in seinem Stuhl saß und mit abwesenden Augen ins
Leere starrte.

»Und Sie?« fragte sie ihn. »Sind Sie auch heimweh-
krank?«

Er schrak zusammen und sah sie zerstreut an.

»Ich brauche keine Heimat«, sagte er, »Heimat, Freund-
schaftsbande, Eltern, Kinder – alles nur hinderlich bei
wirklicher Forschung. Für wissenschaftliche Arbeit muß
man frei und ungebunden sein.«

»Und Sie glauben, daß Sie das hier sein werden?«

»Das läßt sich noch nicht sagen. Aber ich hoffe es wenigstens.«

»Nach dem Essen«, wandte sich Bianca an Sylvia, »kann
man alles mögliche unternehmen. Wir haben ein Karten-
zimmer, auch ein Kino, und an drei Abenden in der
Woche finden Theateraufführungen statt. Gelegentlich
wird auch ein Ball veranstaltet.«

Ericsson runzelte mißbilligend die Stirn.

»Das ist alles unnötiges Zeug. Es wirkt nachteilig auf die
Arbeitsleistung.«

»Nicht bei uns Frauen«, antwortete Bianca. »Frauen brauchen so etwas.«

Er sah sie mit unverhülltem Mißfallen an, während Sylvia
dachte: Für ihn gehören Frauen auch zu den unnötigen
Dingen.

»Übrigens möchte ich früh schlafen gehen«, sagte sie und
gähnte. »Ich werde mir heute abend weder einen Film
ansehen noch Bridge spielen.«

»Du hast recht, meine Liebe«, fiel Thomas Betterton
hastig ein, »du hast eine ausgiebige Nachtruhe nach
deiner anstrengenden Reise nötig.«

Und als sie aufstanden, fügte er hinzu: »Abends ist die
Luft hier herrlich. Man geht nach dem Essen gewöhnlich
ein paar Minuten auf dem Dachgarten spazieren, ehe man
sich zur Ruhe begibt oder seinen Studien widmet. Wir

sollten auch noch ein wenig hinaufgehen, aber dann mußt du dich gleich hinlegen.«

Sie wurden von einem würdevoll aussehenden Eingeborenen in weißem Gewand mit dem Lift nach oben gefahren. Diese Menschen hatten eine dunklere Haut und waren stämmiger gebaut als die helleren Berber – ein Wüstenvolk, dachte Sylvia. Oben angelangt, war sie hingerissen von der tropischen Schönheit dieses Dachgartens, und sie dachte an die Unsummen, die erforderlich gewesen sein mußten, um diesen Traum aus Tausendundeiner Nacht zu verwirklichen. Viele Tonnen Erde hatte man hier heraufschaffen müssen. Man hörte Wassergeplätscher, sah herrliche Palmen aufragen neben anderen tropischen Gewächsen, und schmale Pfade aus roten glasierten Ziegeln schlängelten sich durch die Büsche.

»Ein unglaubliches Wunder hier mitten in der Wüste«, sagte Sylvia mit einem tiefen Atemzug, »es ist wirklich Tausendundeine Nacht.«

»Ich muß Ihnen recht geben, Mrs. Betterton«, sagte Mr. Murchison, »es sieht gerade so aus, als ob ein Dschinn das alles geschaffen hätte. Sogar in der Wüste kann man alles erreichen, wenn Wasser und Geld vorhanden sind.«

»Wo kommt das Wasser denn her?«

»Man hat es aus dem Berg herabgeleitet. Es ist die Lebensader der Kolonie.«

Es waren nur wenige Leute auf dem Dachgarten, und auch diese verabschiedeten sich nach und nach.

Betterton führte Sylvia zu einer niedrigen Steinbank in der Nähe des Geländers, wo sie sich niederließ. Er blieb vor ihr stehen. Die Sterne glitzerten, die Luft war kühl und erfrischend. Sie waren allein.

»Nun sagen Sie mir endlich, wer Sie eigentlich sind«, sagte Betterton nervös mit gedämpfter Stimme.

Sie antwortete nicht gleich. Erst war *sie* an der Reihe, eine Frage zu stellen.

»Warum haben Sie mich als Ihre Frau anerkannt?«

Sie starrten sich gegenseitig an. Keiner wollte zuerst mit

der Sprache heraus. Es war wie ein stummer Kampf zwischen ihnen – ein Kampf, in dem Sylvias Wille langsam die Oberhand gewann.

Er wandte schließlich den Kopf ab und murmelte finster:

»Es geschah – in der ersten Überraschung. Wahrscheinlich bin ich ein verdammter Narr gewesen. Ich glaubte, man habe Sie geschickt, um mich zu befreien.«

»Wollen Sie denn weg von hier.«

»Guter Gott, da fragen Sie noch?«

»Wie sind Sie von Paris hierhergekommen?«

Thomas Betterton lachte kurz und bitter auf.

»Ich bin nicht entführt worden, wenn Sie das meinen. Ich kam freiwillig und aus Begeisterung.«

»Wußten Sie, wohin es ging?«

»Ich hatte keine Ahnung, daß ich in Afrika landen würde, wenn Sie darauf mit Ihrer Frage hinauswollen. Ich wurde durch die üblichen Parolen eingefangen: Weltfrieden, Zusammenarbeit aller Gelehrten auf der ganzen Welt, Bekämpfung der Kapitalisten und Kriegshetzer – das Übliche eben. Dieser Bursche, dieser Peters, der mit Ihnen kam, ist ihnen auf denselben Leim gegangen.«

»Und als Sie hierherkamen, da sah alles ganz anders aus?«

Wieder lachte er bitter auf.

»Sie werden selbst sehen. Oder vielleicht stimmt's doch. Aber nicht so, wie man es sich vorgestellt hat. Es ist jedenfalls nicht die erträumte Freiheit.«

Er setzte sich neben sie und fuhr fort: »Deshalb möchte ich wieder weg. Immer hat man das Gefühl, überwacht und bespitzelt zu werden. Oh, diese ständigen Vorsichtsmaßregeln. Über alles soll man Rechenschaft ablegen – über Ausgaben, über Freunde. Vielleicht ist das alles notwendig, aber mich reibt es auf.«

Sylvia sagte langsam: »Sie wollen sagen, daß hier ganz dieselben Verhältnisse herrschen, denen Sie entfliehen wollten? Überwachung und Bespitzelung – oder vielleicht noch Schlimmeres?«

Er strich sich das Haar mit einer nervösen Bewegung aus der Stirn.

»Ehrlich gestanden – ich weiß es nicht. Ich bin nicht sicher. Vielleicht bilde ich mir alles nur ein. Vielleicht überwacht man mich gar nicht; sie haben schließlich nichts zu befürchten. Man sitzt ja im Gefängnis.«

»So war also alles eine große Enttäuschung für Sie?«

»Das ist ja das sonderbare – in gewisser Hinsicht war es keine Enttäuschung. Die Arbeitsbedingungen sind unvergleichlich. Jede Erleichterung wird gewährt, die Einrichtungen sind mustergültig. Man kann arbeiten, so lange und wie es einem beliebt. Man wird mit Nahrung, Kleidung und Wohnung versorgt. Und doch vergißt man nie, daß man eingesperrt ist.«

»Ich begreife das. Als das Gittertor heute hinter mir zufiel, war mir, als würde ich lebendig begraben.«

»Also«, sagte Betterton, »ich habe nun Ihre Frage beantwortet. Nun beantworten Sie die meine. Warum geben Sie vor, Olivia Betterton zu sein?«

»Olivia –«, sie zögerte und suchte nach Worten.

»Ja, was ist mit Olivia? Was ist los mit ihr? Warum sprechen Sie nicht?«

Sie sah voll Mitleid in sein hageres, nervöses Gesicht.

»Ich hatte Angst, es Ihnen zu sagen.«

»Sie meinen, ihr ist etwas zugestoßen?«

»Ja, es tut mir sehr leid – ihre Frau ist nicht mehr am Leben... sie war auf dem Weg zu Ihnen, aber das Flugzeug stürzte ab. Man brachte sie ins Krankenhaus, wo sie zwei Tage später starb.«

Mit einer gewaltsamen Anstrengung suchte er seine Gesichtszüge zu beherrschen. Dann sagte er ruhig:

»So, Olivia ist also tot! Jetzt verstehe ich erst...«

Ein langes, bedrückendes Schweigen folgte. Dann wandte er sich wieder Sylvia zu.

»Das weitere kann ich mir denken. Sie kamen an ihrer Statt hierher. Aber warum?«

Diesmal war Sylvia um eine Antwort nicht verlegen. Betterton hatte offenbar geglaubt, man habe sie hergeschickt, um ihn zu befreien. Er nahm also nicht an, daß sie als Spionin hier sei, bedachte nicht, daß sie ihm unmöglich helfen konnte, da sie eine Gefangene war wie er selbst. Es war also gefährlich, ihm gegenüber offen zu sein, um so mehr, als Betterton einem Nervenzusammenbruch nahe war. Jeden Augenblick konnte er zusammenklappen. Unter diesen Umständen konnte man ihm kein Geheimnis anvertrauen. So sagte sie:

»Ich war bei Ihrer Frau, als sie starb, und bot ihr an, an ihrer Stelle zu versuchen, Ihren Aufenthaltsort herauszufinden. Sie hatte eine dringende Botschaft für Sie«, fuhr sie schnell fort, als sie sah, daß er den Mund zu einer Frage öffnete, »sehen Sie, ich sympathisierte sehr mit den Ideen, die Sie soeben erwähnt haben. Wissenschaftliche Geheimnisse, die man mit allen Nationen teilen will – eine neue Weltordnung. Ich begeisterte mich dafür. Und dann mein Haar – man erwartete hier eine rothaarige Frau in meinem Alter, und so dachte ich, daß der Versuch der Mühe wert sei. Und dann – Ihre Frau wünschte sehr, Ihnen diese Botschaft zukommen zu lassen –«

»Ach ja, die Botschaft – wie lautet sie?«

»Sie sollten sich in acht nehmen – sehr in acht nehmen, sagte sie, es drohe Ihnen Gefahr durch einen gewissen Boris –«

»Boris? Meinen Sie Boris Glyn?«

»Ja. Kennen Sie ihn?«

Er schüttelte den Kopf.

»Begegnet bin ich ihm nie. Ich weiß nur, daß er ein Vetter meiner ersten Frau ist, ich hörte von ihm.«

»Warum soll er denn eine Gefahr für Sie bedeuten?«

Es erfolgte zunächst keine Antwort, so daß Sylvia ihre Frage wiederholen mußte.

»Ach so«, sagte er, aus seiner Versunkenheit auftauchend, »ich weiß zwar nicht, inwiefern er gerade *mir* gefährlich sein soll, aber nach allem, was ich über ihn gehört habe, scheint er wirklich ein gefährlicher Bursche zu sein.«

»In welcher Hinsicht?«

»Ach, er scheint einer jener verstiegenen Idealisten zu sein, die um ihrer Überzeugung willen unter Umständen auch über Leichen gehen. Hat Olivia ihn gesehen? Was hat er von ihr gewollt?«

»Das weiß ich nicht – sie sagte nichts weiter – oder doch, sie sagte noch, sie könne es nicht glauben –«

»*Was* nicht glauben?«

»Das weiß ich nicht« – sie zögerte einen Augenblick und sagte dann: »Sie lag doch im Sterben ...«

Ein plötzlicher Schmerz verzerrte sein Gesicht.

»Ich weiß – ich weiß – ich muß darüber hinwegkommen – mit der Zeit. Vorläufig kann ich es noch nicht fassen. Aber ich verstehe die Sache mit Boris nicht. Warum soll er mir denn gefährlich sein? Er hat Olivia wohl in London getroffen?«

»Ja, in London.«

»Dann verstehe ich es nicht ... es spielt ja auch keine Rolle. Was spielt hier überhaupt eine Rolle? Wir sind ja doch in dieser verfluchten Kolonie eingesperrt, umgeben von einer Schar von Robotern ... Und wir können nicht hinaus.«

Er schlug mit der Faust auf die Bank.

»Wir können nicht hinaus!«

»Doch, wir können«, sagte Sylvia.

Er sah sie überrascht an.

»Was meinen Sie damit?«

»Wir werden einen Weg finden«, behauptete Sylvia fest.

»Mein liebes Kind« – er lachte verächtlich –, »Sie haben keine Ahnung, wie es hier zugeht.«

»Während des Krieges haben sich Gefangene aus den schwierigsten Verhältnissen mit den denkbar dürftigsten Mitteln befreit«, sagte Sylvia hartnäckig.

Sie wollte sich keinesfalls der Verzweiflung hingeben.

»Sie haben Gänge gegraben und dergleichen.«

»Wie wollen Sie einen Gang durch den Felsen graben? Und was dann? Ringsum ist nichts als Wüste.«

»Dann muß man etwas anderes ausfindig machen«, beharrte sie.

Er sah sie an.

Sie lächelte aufmunternd, aber ohne innere Überzeugung.

»Was sind Sie für ein merkwürdiges Wesen. So sicher und dynamisch.«

»Wo ein Wille ist, da ist auch ein Weg. Natürlich wird es ein wenig Zeit und Nachdenken erfordern.«

Seine Miene verdüsterte sich von neuem.

»Zeit«, sagte er, »Zeit ... die kann ich mir nicht leisten.«

»Warum?«

»Ich weiß nicht, ob Sie mich verstehen können ... es ist nämlich das – ich kann hier nicht richtig arbeiten.«

»Wie meinen Sie das?«

»Wie soll ich es nur ausdrücken? Ich kann nicht richtig arbeiten. Ich kann nicht denken. Meine Arbeit verlangt einen hohen Grad von Konzentrationsfähigkeit. Sie ist ja – zum Teil – schöpferischer Natur. Seitdem ich hier bin, ist mir jede Freude daran verlorengegangen. Ich leiste nur Taglöhnerdienste – Verrichtungen, die jeder Anfänger bewältigen kann. Aber dazu haben sie mich nicht hergelockt. Sie wollen schöpferische Arbeit, und die kann ich nicht leisten. Und je nervöser ich werde, desto unfähiger fühle ich mich zu wertvoller Forschungsarbeit. Das treibt mich noch zur Verzweiflung – verstehen Sie?«

Ja, sie verstand nur zu gut. Sie dachte an Dr. Rubecs Bemerkung über Primadonnen und Wissenschaftler.

»Und wenn ich nichts Bedeutendes leiste«, fuhr Betterton fort, »was nützen dann die vollkommenen wissenschaftlichen Hilfsmittel? Man wird mich schließlich liquidieren.«

»Nein, nein!«

»O doch. Hier ist man nicht sentimental. Was mir bis jetzt eine Galgenfrist verschaffte, ist diese Gesichtsoperation. Ich mußte mich von Zeit zu Zeit einer Nachbehandlung unterziehen, denn sie gehen sehr langsam und vorsichtig zu Werke. Und von einem Menschen, an dem solche

Eingriffe vorgenommen werden, kann man keine Konzentration erwarten. Aber jetzt ist die Sache abgeschlossen.«

»Aber zu welchem Zweck hat man das überhaupt gemacht?«

»Als Schutzmaßnahme für mich. Das ist üblich bei steckbrieflich Gesuchten.«

»So werden Sie steckbrieflich gesucht?«

»Ja, wußten Sie das nicht? In den Zeitungen haben sie es natürlich nicht veröffentlicht. Vielleicht wußte nicht einmal Olivia davon. Aber ich bin ihnen wichtig genug.«

»Sie meinen, weil Sie etwas verraten haben? Haben Sie Atomgeheimnisse verkauft?«

Er wich ihrem Blick aus.

»Ich habe nichts verkauft, sondern aus freiem Willen meine wissenschaftlichen Forschungsergebnisse mitgeteilt. Ob Sie es nun glauben oder nicht. Es gehört zu einem Bestandteil der Abmachung, daß diese Ergebnisse zur Verfügung gestellt werden. Verstehen Sie?«

Ja, das begriff sie. Sie dachte an Andy Peters, der sicher ebenso handeln würde. Sie sah Ericsson vor sich mit seinen fanatischen Träumeraugen, der aus reiner Begeisterung dazu fähig sein würde, sein Vaterland zu verraten. Betterton aber war halb daran zugrunde gegangen. Sie stellte sich den hoffnungsfrohen Menschen vor, der er bei seiner Ankunft gewesen sein mußte, und verglich ihn mit dem gebrochenen, nervösen, unfähigen Mann, der da vor ihr saß.

Als sie so weit mit ihren Gedanken gekommen war, sagte Betterton, nervös um sich blickend:

»Die anderen sind alle schon gegangen. Wir können nicht länger allein hier oben bleiben.«

Sie stand auf. »Aber dabei kann man doch bei unserer augenblicklichen Situation nichts finden, sondern man wird es für ganz natürlich halten.«

Müde bemerkte er: »Ja, wir müssen nun schon so weitermachen – ich meine, auch weiterhin Mann und Frau spielen.«

84

»Selbstverständlich!«

»Wir müssen im selben Zimmer schlafen und dergleichen. Aber Sie brauchen nicht zu befürchten, daß ich...«

Er brach verwirrt ab.

Wie schön er doch ist, dachte Sylvia und musterte sein tadelloses Profil, und wie wenig wirkt diese Schönheit auf mich...

»Darüber brauchen wir gar nicht weiter zu reden«, sagte sie heiter. »Hauptsache, wir kommen hier wieder lebendig raus.«

14

In einem Zimmer des Hotels Mamounia in Marrakesch unterhielt sich Jessop mit Miss Hetherington. Sie glich wenig jener Engländerin, die Sylvia in Casablanca und Fes kennengelernt hatte. Zwar war ihr Äußeres ziemlich unverändert geblieben – dieselbe Kleidung, dieselbe unschöne Frisur. Aber ihr Auftreten war ein anderes. Diese entschlossene und selbstsichere Frau schien um Jahre jünger zu sein, als ihr Aussehen vermuten ließ.

Die dritte Person im Zimmer war ein dunkler, untersetzter Mann mit klugen Augen. Er trommelte leise mit den Fingern auf die Tischplatte und summte eine Melodie.

»... und soviel Sie in Erfahrung bringen konnten«, fuhr Jessop fort, »hat Olivia Betterton sonst mit niemandem in Fes gesprochen?«

»Da war zum Beispiel diese Mrs. Calvin Baker«, antwortete Miss Hetherington, »die wir schon in Casablanca getroffen hatten. Ich muß ehrlich sagen, ich wußte nicht recht, was ich von ihr halten sollte. Olivia und mir zuliebe änderte sie ihren ursprünglichen Reiseplan. Aber Sie wissen ja, daß Amerikaner sehr gesellige Leute sind und sich gern irgend jemandem anschließen.«

»Das hört sich ja alles ziemlich harmlos an«, sagte Jessop.

»Und außerdem«, fuhr Miss Hetherington fort, »war sie ja auch in dem bewußten Flugzeug.«

»Sie glauben, daß das Flugzeugunglück beabsichtigt war? Was meinen Sie dazu, Leblanc?«

Der kleine Mann hörte auf zu summen. »Es mag sein, daß es sich um einen Sabotageakt handelte«, sagte er, »aber das wird nie herauskommen. Denn das abgestürzte Flugzeug ging in Flammen auf, und alle an Bord waren tot.«

»Und der Pilot?«

»Alcadi? Tadelloser Junge. Schade um ihn. Er war übrigens schlecht bezahlt.«

Jessop sagte: »Wollen Sie damit sagen, er wäre geneigt gewesen, für jemand anders zu arbeiten? Aber er war doch wohl kein Selbstmordkandidat?«

»Es waren sieben Leichen«, erwiderte Leblanc, »bis zur Unkenntlichkeit verkohlt, aber es waren sieben, soviel ist klar.«

Jessop wandte sich wieder an Miss Hetherington: »Sonst noch etwas?«

»Sie hat auch noch mit diesem reichen Ölmagnaten, einem Monsieur Aristides, gesprochen.«

»Ah!« sagte Leblanc. »Eine legendäre Persönlichkeit. Ich habe mich oft gefragt, wie es wohl sein müsse, wenn man alles Geld der Welt besäße. Ich meinesteils würde Rennpferde und Frauen halten und alles genießen, was die Welt sonst noch zu bieten hat. Aber der alte Aristides sperrt sich statt dessen in seinem spanischen Schloß ein und sammelt chinesisches Porzellan aus der Zeit der Sung-Dynastie. Doch muß man bedenken, daß er mindestens siebzig Jahre alt ist. Es kann durchaus sein, daß man sich in diesem Alter nur noch für chinesische Töpferkunst interessiert.«

»Es waren auch ein paar Deutsche in Fes«, fuhr Miss Hetherington fort, »aber mit denen hat sich Olivia Betterton nicht unterhalten.«

»Und sie ging allein in die Altstadt?«

»Mit einem offiziellen Führer. Aber sie könnte auf diesem Ausflug natürlich noch jemanden getroffen haben.«

Jessop erhob sich, um auf und ab zu gehen.

»Sie flog also mit Mrs. Baker nach Marrakesch. Das Flugzeug stürzte ab und brannte aus. Für Leute, die unter dem Namen Olivia Betterton reisen, sind Luftreisen offenbar gefährlich. Erst das Unglück bei Casablanca und dann noch das andere. Obwohl – wenn sich jemand dieser Frau entledigen wollte, so hätte er es auf einfachere Weise machen können.«

»Das kommt darauf an, mein Lieber«, sagte Leblanc. »Falls Menschenleben keine Rolle spielen, ist es weniger riskant, eine kleine Bombe unter einen Sitz zu legen, als dem Opfer mit einem Dolch in einer dunklen Gasse aufzulauern. Die Bombe verschwindet spurlos, und daß dabei sieben Menschenleben zugrunde gehen, ist halt deren Pech.«

»Es gibt noch eine dritte Lösung«, sagte Jessop, »nämlich die, daß das Flugzeugunglück nur vorgetäuscht war.«

»Das könnte sein«, erwiderte Leblanc, »aber wir dürfen nicht vergessen, mein lieber Jessop, daß tatsächlich Menschen in dem Flugzeug gesessen haben. Man hat doch ihre verkohlten Leichen gefunden.«

»Ja, da liegt der Haken. Mag sein, daß meine Annahme nur ein Phantasiegebilde ist. Aber mir paßt alles zu genau zusammen. Auf diese Weise haben sie uns lahmgelegt. Wir haben keine Möglichkeit mehr, eine Spur zu verfolgen, und müssen den Akt Betterton als unerledigt ablegen.«

Er wandte sich nochmals an Leblanc. »Haben Sie die Suchaktion eingeleitet?«

»Ja«, sagte dieser, »mit erfahrenen Leuten. Das Flugzeug ist an einer völlig entlegenen Stelle abgestürzt. Nebenbei bemerkt, war es von seinem eigentlichen Kurs abgewichen.«

»Das hat doch sicher etwas zu bedeuten, Leblanc«, fiel Jessop ein.

»Wir haben die ganze Umgegend sorgfältig abgesucht. Alle in der Nähe befindlichen Dörfer, Häuser wurden durchgekämmt, alle Wagenspuren verfolgt. Wir sind überzeugt von der Wichtigkeit der Sache. Auch Frankreich hat einige seiner besten Köpfe verloren. Meiner Meinung nach ist es aber leichter, einen cholerischen Opernsänger zu überwachen als einen Wissenschaftler. Diese jungen Leute sind unberechenbar, widerborstig und, was sie am gefährlichsten macht, sie sind meist von blindem Glauben an das Unmögliche durchdrungen. Was erwarten sie sich denn? Menschheitsverbrüderung, das Tausendjährige Reich und so weiter. Ach, welche Enttäuschungen harren ihrer!«

»Wir wollen noch einmal die Passagierliste durchgehen«, sagte Jessop. Der Franzose entnahm die Liste einem Drahtkorb und legte sie vor seinen Kollegen hin. Beide beugten sich darüber.

»Mrs. Calvin Baker, Amerikanerin. – Mrs. Betterton, Engländerin. – Torquil Ericsson, Norweger – übrigens, was wissen Sie von dem?«

»Ich kann mich nicht an ihn erinnern«, sagte Leblanc, »ich weiß nur noch, daß er jung war, nicht älter als sieben- oder achtundzwanzig Jahre. Dann ist da noch eine Nonne«, er beugte sich wieder über die Liste, »eine Schwester Marie. – Dann Andrew Peters, auch Amerikaner. – Dr. Barron. Er ist eine Kapazität, dieser Dr. Barron. Experte für Viruskrankheiten.«

»Biologische Forschungsarbeit für Kriegszwecke«, sagte Jessop. »Paßt alles zusammen.«

»Ein ungenügend honorierter, mißvergnügter Mann«, bemerkte Leblanc.

»Wie viele gehen nach St. Ives«, murmelte Jessop. Der Franzose warf ihm einen raschen Blick zu und lächelte dann.

»Ein alter Kinderreim«, sagte er, »St. Ives bedeutet Niemandsland. Die Reise ins Unbekannte.«

In diesem Augenblick klingelte das Telefon, und Leblanc nahm den Hörer ab. »Hallo, was gibt's? O ja, schick sie herauf.«

Er wandte sich wieder an Jessop. Sein Gesicht hatte sich plötzlich verändert. »Einer meiner Leute hat angerufen«, sagte er, »sie haben etwas gefunden. Mein lieber Herr Kollege, es ist möglich – mehr sage ich nicht –, es ist möglich, daß Sie mit Ihrem Optimismus recht behalten.«

Kurze Zeit danach traten zwei Männer ein. Der eine glich Leblanc. Sie schienen Landsleute zu sein. Er trug europäische Kleidung, und sein Anzug war staubbedeckt und voller Flecken. Offensichtlich war er soeben von einer Reise zurückgekommen. Neben ihm stand ein Eingeborener in der üblichen weißen Tracht. Er trug eine würdevolle Haltung zur Schau, die den Bewohnern einsamer Gegenden eigen ist. Er sah sich verwundert im Zimmer um, während der andere in schnellem Französisch erklärte:

»Die Nachricht von der Belohnung machte die Runde unter den Leuten. Und dieser Mann da, seine Familie und seine Freunde haben bei der Suche geholfen. Ich habe ihn mitgenommen, damit er Ihnen seinen Fund selbst zeigen und eventuell Ihre Fragen beantworten kann.«

Leblanc wandte sich an den Berber.

»Du hast gute Arbeit geleistet«, redete er ihn in dessen Muttersprache an, »du hast Falkenaugen, mein Freund. Zeige uns nun, was du entdeckt hast.«

Der Mann zog aus einer Falte seines Gewandes einen kleinen Gegenstand, trat vor und legte ihn auf den Tisch. Es war eine rosafarbene Similiperle.

»Sie ist genau wie die, die man mir und den anderen gezeigt hat«, sagte er stolz, »sie ist kostbar, und ich habe sie gefunden.«

Jessop streckte die Hand aus und nahm die Perle. Dann zog er aus seiner Tasche eine andere von derselben Farbe und verglich beide miteinander. Er ging ans Fenster und betrachtete beide Perlen durch die Lupe.

»Ja«, sagte er triumphierend, »das Zeichen ist bei beiden vorhanden.«

Er kam wieder an den Tisch. »Braves Mädel«, sagte er, »braves Mädel. Sie hat's geschafft.«

Leblanc unterhielt sich in äußerst schnellem Arabisch mit dem Mann. Dann wandte er sich wieder an Jessop.

»Ich beglückwünsche Sie, lieber Kollege. Diese Perle wurde nahezu eine halbe Meile von den Flugzeugtrümmern entfernt gefunden.«

»Was beweist«, ergänzte Jessop, »daß Olivia Betterton das Unglück überlebte und daß, obwohl sieben Menschen Fes in dem Flugzeug verließen, zum mindesten keine der sieben verkohlten Leichen die ihrige sein kann.«

»Wir werden die Suchaktion nun noch weiter ausdehnen«, entschied Leblanc. Er sagte wieder etwas zu dem Berber, was ein glückliches Lächeln auf dessen Gesicht zauberte. Er verließ dann das Zimmer mit dem Mann, der ihn hergebracht hatte.

»Er wird fürstlich belohnt werden, wie ich es ihm versprochen habe«, sagte Leblanc, »und man wird nun durch die ganze Gegend Jagd auf die Perlen machen. Sie haben wirklich Falkenaugen, diese Leute, und wenn sie erfahren, daß man hoch belohnt wird, falls weitere Anzeichen entdeckt werden, so wird das auf sie wirken wie starker Wein. Ich glaube, ich glaube, mein lieber Kollege, wir sind jetzt auf der richtigen Spur. Wenn man sie nur nicht allzusehr verwischt hat.«

Jessop schüttelte den Kopf. »Es ist doch eine ganz unverdächtige Sache. Eine Frau zerreißt aus Versehen ihre Halskette, sammelt mit Mühe die zerstreuten Perlen auf und steckt sie in die Tasche. Wenn die Tasche ein kleines Loch hat, was kann sie dafür? Und außerdem, warum sollten sie sie beargwöhnen? Sie ist ja Olivia Betterton, die Sehnsucht nach ihrem Mann hat.«

»Wir müssen den Fall von einem anderen Blickpunkt aus betrachten«, sagte Leblanc und zog die Passagierliste zu sich heran. »Olivia Betterton und Dr. Barron« – er versah beide Namen mit einem Häkchen, »also zwei, die sich nach dem unbekannten Ziel aufgemacht haben. Die amerikanische Dame Mrs. Baker – von der wissen wir nichts. Torquil Ericsson – Fehlanzeige. Andrew Peters – der

Amerikaner, der seinem Paß nach Nahrungsmittelchemiker ist. Die Nonne – die ist vielleicht verkleidet. Also
eine ganze Anzahl Menschen, die von verschiedenen
Punkten aus zu diesem Flugzeug dirigiert wurden. Dann
geht diese Maschine in Flammen auf, und man findet
sieben verkohlte Leichen. Wie haben sie das nur angestellt? Das wüßte ich gern. Jedenfalls ist es genial einge-
fädelt.«

»Ja«, gab Jessop zu, »es ist sehr überzeugend gemacht
worden. Aber wir wissen nun, daß sechs oder sieben
Leute an einem bestimmten Tag abgeflogen sind, und
wir kennen auch den Ort, wo sie gestartet sind. Was
sollen wir tun? Sollen wir auch dort suchen lassen?«

»Natürlich. Wenn ich mich nicht sehr irre, so werden wir
nun, da wir die Spur entdeckt haben, noch weitere
Beweise ans Tageslicht bringen.«

»Das wird dann der Fall sein, wenn unsere Berechnungen stimmen«, sagte Jessop.

Aber diese Berechnungen konnten auch irreführen. Waren Olivia und ihre Begleiter in einem Wagen weiterge-
fahren, und wo mußte er tanken? Hatten sie bei Eingeborenen übernachtet? Das alles war gänzlich ungeklärt,
und man war immer wieder neuen Enttäuschungen aus-
gesetzt. Aber hie und da erzielte man doch einen Erfolg.

In einem dunklen Winkel des Hauses von Abdul Mohammed wurde eine kleine Perle, eingebettet in ein
Stückchen Kaugummi, gefunden.

Leblancs Leute berichteten:

»Er und seine Söhne sind ausgefragt worden. Erst leug-
neten sie, aber schließlich gestanden sie doch. Eine
Gruppe von sechs in einem Wagen angekommenen Leuten, die behaupteten, Angehörige einer archäologischen
Expedition zu sein, übernachtete bei ihm. Man zahlte
ihm sehr viel und befahl ihm, andern gegenüber nichts
zu erwähnen, mit der Begründung, daß andere ihnen
sonst bei den Ausgrabungen zuvorkommen könnten.
Außerdem haben Kinder aus dem Dorf El Kaif zwei

weitere Perlen gebracht. Nun kennen wir die Richtung. Dann noch etwas, Captain. Die Hand der Fatima ist gesehen worden. Der da wird Ihnen darüber berichten.«

»Der da« war ein wildblickender Berber. »Ich war nachts bei meiner Herde«, erzählte er, »als ich das Rollen eines Wagens hörte. Als er an mir vorüberfuhr, sah ich das Zeichen. An seiner einen Außenwand war die Hand der Fatima zu erkennen. Sie leuchtete in der Dunkelheit.«

»Man kann einen Handschuh mit Phosphor imprägnieren«, murmelte Leblanc, »meinen Glückwunsch zu Ihrer Idee.«

»Es ist wirkungsvoll«, sagte Jessop, »aber andererseits auch gefährlich. Es könnte leicht von den Autoinsassen selbst wahrgenommen werden.«

Leblanc zuckte die Achseln. »Bei Tageslicht ist es nicht sichtbar.«

»Nein, aber wenn sie in der Nacht mal angehalten haben –«

»Und wenn – es handelt sich da um einen bekannten arabischen Aberglauben. Man kann die Hand oft auf Karren und Wagen aufgemalt sehen. Sie würden höchstens angenommen haben, daß irgendein frommer Muselmann die Hand in Leuchtschrift auf seinen Wagen angebracht habe.«

»Das hat etwas für sich. Aber wir müssen trotzdem auf der Hut sein. Es ist größte Vorsicht geboten.«

Am folgenden Morgen wurden Leblanc drei weitere Perlen übergeben, die in Dreieckform auf einem Stück Kaugummi aufgereiht waren.

»Das könnte bedeuten«, sagte Jessop, »daß der nächste Abschnitt der Reise im Flugzeug zurückgelegt wurde.« Er sah Leblanc fragend an.

»Sie vermuten richtig«, sagte dieser. »Diese Perlen wurden auf einem verlassenen Flugplatz in einer völlig einsamen Gegend gefunden. Man konnte feststellen, daß da ein Flugzeug gelandet sein und den Platz vor nicht langer Zeit wieder verlassen haben müsse.« Er zuckte die Achseln. »Ein unbekanntes Flugzeug«, sagte er, »ist ins

Unbekannte gestartet. Nun sitzen wir wieder auf dem trockenen...«

15

Jetzt bin ich schon zehn Tage hier, dachte Sylvia, es ist unfaßbar. Das schlimmste war doch der Umstand, daß man sich so rasch eingewöhnte. Sie mußte an die Folterkammer denken, die sie in Frankreich einmal besichtigt hatte. Da war unter anderem ein eiserner Käfig gewesen, in den die Gefangenen gesperrt wurden und in dem sie weder stehen noch sitzen konnten. Der Führer hatte erzählt, daß es ein Mann in diesem Käfig achtzehn Jahre lang ausgehalten hatte, daß er befreit worden war und noch zwanzig Jahre gelebt hatte, bevor er im Greisenalter starb. Die Anpassungsfähigkeit, dachte Sylvia, unterscheidet den Menschen von der Tierwelt. Der Mensch kann sich an jedes Klima, an jede Ernährungsweise, an jede Lebensbedingung gewöhnen. Er kann als freier Mann so gut leben wie als Sklave.

Anfangs, als sie in die »Gemeinschaft« eingeführt wurde, war sie von einer blinden Furcht, einem Gefühl des Eingeschlossenseins und der Enttäuschung besessen gewesen. Die Tatsache, daß diese Gefangenschaft, dieses Eingeschlossensein mit äußeren Annehmlichkeiten, ja mit Luxus verbunden war, hatte ihr alles nur noch schrecklicher erscheinen lassen. Und nun, kaum daß eine Woche verflossen war, begann sie ihre Lebensweise hier als ganz natürlich zu empfinden. Es war eine merkwürdige, traumhafte Existenz. Nichts schien Wirklichkeit zu besitzen, aber schon hatte sich ihrer das Gefühl bemächtigt, daß dieser Traum bereits endlos lang währte und noch länger währen würde. Vielleicht dauerte es ewig... vielleicht würde sie immer hierbleiben; dies war das eigentliche Leben, und außerhalb der Gemeinschaft war das Nichts.

Diese gefährliche Anpassungsfähigkeit hatte, wie sie meinte, ihren Grund darin, daß sie eine Frau war. Frauen waren von Natur aus sehr anpassungsfähig. Es war zugleich ihre Stärke und ihre Schwäche. Man prüft seine Umgebung, paßt sich ihr an und sucht das Beste daraus zu machen. Am meisten interessierte sie sich für den Eindruck, den dies alles auf diejenigen machte, die mit ihr gekommen waren.

Helga Needheim sah sie kaum, außer zu den Mahlzeiten. Wenn sie sich trafen, so wurde sie von der Deutschen nur mit einem flüchtigen Nicken begrüßt. Zu mehr ließ sie sich nie herab. Sie war sichtlich zufrieden. Die Gemeinschaft entsprach offenbar genau der Vorstellung, die sie sich von ihr gemacht hatte. Sie gehörte zu den Frauen, die ganz in ihrer Arbeit aufgehen, und wurde darin durch beruflichen Ehrgeiz unterstützt. Ihre und ihrer wissenschaftlichen Kollegen Überlegenheit verlieh ihr Sicherheit. Sie kümmerte sich nicht um die Verbrüderung der Menschheit, nicht um den Weltfrieden, nicht um die Freiheit des Geistes. Ihre Vorstellungen von der Zukunft waren glasklar: Sie dachte nur an die Eroberung der Welt, die durch die Übermenschen, zu denen auch sie gehörte, zu erfolgen hatte. Die übrige Menschheit hatte sich ihnen unterzuordnen und wurde, wenn sie sich richtig verhielt, mit der herablassenden Güte der Herrschenden behandelt. Daß ihre Mitarbeiter anderen Ansichten huldigten, daß sie ihrer Einstellung nach mehr dem Kommunismus als dem Faschismus angehörten, darum kümmerte sich Helga Needheim wenig. Leisteten sie gute Arbeit, so waren sie an ihrem Platz und würden sich mit der Zeit schon bekehren lassen.

Dr. Barron war intelligenter als Helga Needheim. Zuweilen unterhielt sich Sylvia mit ihm. Er schien ganz in seiner Arbeit aufzugehen und einverstanden mit den Bedingungen zu sein, unter denen er arbeiten konnte, aber seine französische Skepsis ließ ihn doch nicht alles ohne Kritik hinnehmen.

»Es ist nicht alles ganz so, wie ich erwartet habe. Nein,

offen gestanden, nicht«, bekannte er eines Tages. »Unter uns gesagt, Mrs. Betterton, ich schwärme nicht für ein Leben in der Gefangenschaft. Und wir befinden uns tatsächlich in Gefangenschaft, wenn wir auch sozusagen in einem goldenen Käfig sitzen.«

»So haben Sie hier nicht die Freiheit gefunden, die Sie suchten?« fragte Sylvia. Er lächelte undurchsichtig.

»Sie sind auf der falschen Spur. Ich habe in Wirklichkeit gar nicht die Freiheit gesucht. Ich bin ein zivilisierter Mensch – und zivilisierte Menschen wissen, daß es absolute Freiheit nicht gibt. Nur die jungen und die primitiven Völker schreiben das Wort ›Freiheit‹ auf ihre Fahnen. Man muß immer auf seine Sicherheit bedacht sein. Und der Höhepunkt der Zivilisation besteht in einem geruhsamen Leben. Nein, ich will aufrichtig gegen Sie sein. Ich kam des Geldes wegen hierher.«

Jetzt mußte Sylvia lächeln. Sie zog die Augenbrauen in die Höhe.

»Was wollen Sie denn hier mit Geld anfangen?«

»Damit kann man ein sehr kostspieliges Labor einrichten«, sagte Dr. Barron. »Ich brauche nicht in meine eigene Tasche zu greifen, und so kann ich der Wissenschaft dienen und gleichzeitig meine persönliche Neugierde befriedigen. Ich liebe meine Arbeit, das ist wahr, aber ich liebe sie nicht um des Heils der Menschheit willen. Ich habe oft gefunden, daß diejenigen, die so denken, irgendwie beschränkt sind und im Grunde nichts von Bedeutung leisten. Nein, ich schätze nur die Freude an der wissenschaftlichen Forschung. Übrigens wurde mir eine große Summe Geldes ausbezahlt, bevor ich Frankreich verließ. Es ist unter anderem Namen sicher angelegt, und wenn dies hier zusammengebrochen ist, so kann ich daheim sorglos weiterarbeiten.«

»Wenn dies alles hier zusammengebrochen ist?« wiederholte Sylvia überrascht. »Aber warum sollte es denn zusammenbrechen?«

»Man muß die Sache einmal nüchtern betrachten«, sagte Dr. Barron. »Nichts währt ewig, nichts ist von Dauer. Ich bin zu der Ansicht gekommen, daß dieses Projekt hier von einem Wahnsinnigen geleitet wird. Und ich sage Ihnen, es gibt Verrückte, die ganz logisch zu handeln vermögen, und wenn sie noch dazu reich sind, so können sie ihre krausen Ideen sogar in die Tat umsetzen. Aber zuletzt« – und dabei zuckte er die Achseln –, »zuletzt muß es doch ein Ende mit Schrecken nehmen. Denn das sehen Sie doch selbst, was hier vorgeht, ist nicht gesund und nicht vernünftig. Und das Unvernünftige muß schließlich immer die Waffen strecken. Bisher jedoch« – er zuckte abermals die Achseln – »gefällt es mir hier ganz ausgezeichnet.«

Auch Torquil Ericsson, von dem Sylvia angenommen hatte, daß er sich eigentlich furchtbar getäuscht fühlen müsse, schien zufrieden zu sein. Weniger praktisch veranlagt als der Franzose, lebte er gänzlich in seinen eigenen Vorstellungen. Und seine Welt war Sylvia so fremd, daß sie gar nicht verstand, was da in seinem Kopf vorging. Er schwelgte offenbar in Zukunftsträumen, die ihr ganz fern lagen. Er gehört zu denjenigen jungen Menschen, so sagte sie sich, die drei Viertel der ganzen Menschheit am liebsten vernichten würden, damit das vierte Viertel in der absurden Scheinwelt leben kann, die lediglich in Ericssons Einbildung vorhanden ist.

Mit dem Amerikaner Andrew Peters verstand sie sich weit besser. Möglicherweise auch deshalb, weil er zwar ein begabter, aber keineswegs genialer Mensch war. Wie sie von seinen Mitarbeitern hörte, war er sehr tüchtig in seinem Fach, ein kluger und gewissenhafter Arbeiter, aber durchaus kein Bahnbrecher. Wie sie selbst, so hatte auch Peters vom ersten Augenblick an die Atmosphäre der Kolonie gehaßt.

»Ehrlich gestanden, ich habe gar nicht gewußt, wohin es ging«, sagte er, »ich glaubte es zu wissen, aber ich irrte mich total. Die Kommunistische Partei hat mit dieser Niederlassung hier nichts zu tun. Wir haben keine Verbindung mit Moskau. Dies hier ist eine Sache für sich – vielleicht eine faschistische.«

»Müssen Sie denn bei allem an irgendeinen politischen Zusammenhang denken?«

»Vielleicht haben Sie recht«, erwiderte er nachdenklich, »man kommt schließlich zu der Überzeugung, daß die Begriffe, mit denen man da herumwirft, nichts zu bedeuten haben. Aber eins weiß ich sicher: Ich möchte weg von hier, und ich werde es auch fertigbringen.«

»Es wird nicht leicht sein«, meinte Sylvia leise. Dieses Gespräch fand auf dem Dachgarten neben dem plätschernden Springbrunnen statt. Bei dem matten Sternenschein hätte man glauben können, im Garten eines Sultans auf und ab zu wandeln. Denn von hier aus waren die nüchternen Zweckgebäude der Kolonie nicht zu erkennen.

»Ach, wie gern höre ich das Plätschern, wie gern.«

Er sah teilnehmend auf sie herab. »Sie sind niedergeschlagen, nicht wahr?«

»Ja, ziemlich. Ich habe Angst, ich könnte mich an all das gewöhnen«, sagte Sylvia.

»Ja, das kann ich verstehen«, sagte er nachdenklich, »hier herrscht so eine Art von Massensuggestion. Man ist sich dessen bewußt, unternimmt aber nichts dagegen.«

»Es käme mir viel natürlicher vor, wenn sich die Leute dagegen auflehnen würden.«

»Ja, das habe ich auch schon gedacht. Ein- oder zweimal kam es mir vor, als ob sie hier irgendeinen Hokuspokus machen.«

»Was wollen Sie damit sagen?«

»Nun, daß man uns etwas ins Essen oder in die Getränke mischt.«

»Denken Sie an eine Droge?«

»Ja, das wäre nicht unmöglich. Etwas, das uns – wie soll ich mich ausdrücken – fügsam macht.«

»Aber gibt es denn ein solches Mittel?«

»Das schlägt eigentlich nicht in mein Fach. Ich weiß nur, daß es Mittel gibt, die man den Leuten verabreicht, um sie vor einer Operation oder dergleichen zu beruhigen. Ob es etwas ist, das man ihnen längere Zeit geben kann, ohne daß ihre Leistungsfähigkeit sich vermindert – das weiß ich nicht. Aber es gibt vor allem eine seelische Beeinflussung. Wir haben hier sicher Leute, die gut über Hypnose und Psychologie Bescheid wissen. Auch glaube ich, daß wir, ohne es gewahr zu werden, in einer Weise behandelt werden, die uns alles hier schön und gut erscheinen läßt. Auf diesem Wege läßt sich sehr viel erreichen, und die Kerle hier verstehen ihr Handwerk.«

»Aber wir dürfen uns nicht beeinflussen lassen«, rief Sylvia hitzig, »wir dürfen keinen Moment denken, hier sei alles schön und gut.«

»Was sagt Ihr Mann dazu?«

»Tom? Oh – er ist so schwierig«, sie brach ab und schwieg. Unmöglich konnte sie Andrew Peters ihre sonderbare Lage erklären. Nun lebte sie zehn Tage lang mit einem Menschen in engster Gemeinschaft, der ihr ein vollständig Fremder war. Sie teilte ihr Schlafzimmer mit ihm, und wenn sie nachts nicht schlafen konnte, hörte sie neben sich seine Atemzüge. Sie beide sahen das als unvermeidlich an. Sie war eine Betrügerin, eine Spionin, die ihre Rolle zu spielen hatte. Tom Betterton aber konnte sie nicht begreifen. Er schien ein Beispiel dafür zu sein, wie sehr sich ein hochbegabter junger Mensch innerhalb weniger Monate in dieser entnervenden Atmosphäre verändern konnte. Dabei schien er sich keineswegs in sein Schicksal ergeben zu haben. Weit davon entfernt, in seiner Arbeit Befriedigung zu finden, wurde er im Gegenteil gequält durch den Mangel an Konzentrationsfähigkeit. Ein- oder zweimal hatte er schon wiederholt, was er an jenem ersten Abend zu ihr gesagt hatte.

»Ich kann nicht mehr denken. Ich bin vollkommen ausgetrocknet.«

Ja, dachte sie, Tom Betterton, der wirklich schöpferisch Begabte, ist noch mehr als andere auf Freiheit angewiesen. Keinerlei Arbeitserleichterung konnte ihm den Verlust seiner Freiheit ersetzen. Nur wenn er frei war, konnte er schöpferische Arbeit leisten.

Und er stand jetzt nahe vor einem Nervenzusammenbruch. Er behandelte Sylvia mit einer merkwürdigen Gleichgültigkeit. Sie war für ihn keine Frau, nicht einmal eine Freundin. Manchmal zweifelte sie sogar daran, daß er unter dem Tod Olivias litt. Was ihn einzig und allein beschäftigte, war die Beschränkung, in der er leben mußte. Immer und immer wieder sagte er:

»Ich muß weg von hier, ich muß, ich muß«, und dann wieder: »Ich hatte ja keine Vorstellung, wie das hier sein würde. Aber wie soll ich hier wieder hinauskommen? Wie denn? Und ich muß, ich muß einfach fort!«

Im Grunde genommen war es das gleiche, was auch Peters gesagt hatte. Aber beide drückten es auf verschiedene Weise aus. Peters hatte gesprochen, wie ein junger, energischer, verärgerter, enttäuschter Mensch spricht, der seiner selbst sicher ist und entschlossen, sich mit den führenden Köpfen der Niederlassung zu messen. Die Rebellion Bettertons war dagegen diejenige eines Menschen, der seine ganze Spannkraft eingebüßt hat, eines Menschen, den die Unmöglichkeit einer Flucht zum Wahnsinn treibt. Aber wissen wir denn, so dachte Sylvia, wie weit es mit Peters und mir in sechs Monaten gekommen sein wird? Vielleicht hat sich bis dahin gesunde Auflehnung und das berechtigte Zutrauen in die eigenen Fähigkeiten in die haltlose Verzweiflung eines in der Falle gefangenen Tieres verwandelt.

Über all diese Dinge hätte sie gern mit Peters gesprochen. Hätte sie nur sagen dürfen: »Tom Betterton ist nicht mein Mann. Ich weiß gar nichts von ihm. Ich weiß nicht, was er war, ehe er hierherkam, und ich tappe ihm gegenüber im dunkeln. Ich kann ihm nicht helfen, denn ich weiß nicht, was ich sagen oder tun soll.«

So aber mußte sie ihre Worte sehr sorgfältig abwägen. Sie sagte:

»Tom kommt mir wie ein Fremder vor. Er spricht mit mir gar nicht über diese Dinge. Manchmal habe ich den Eindruck, daß diese Abschließung, die Gewißheit, hier eingesperrt zu sein, ihn dem Wahnsinn nahebringt.«

Trocken erwiderte Peters: »Das ist schon möglich.«

»Aber sagen Sie mir nur eines: Sie sprechen mit solcher Zuversicht davon, daß wir fortkönnen – wie können wir das anstellen? Besteht denn die geringste Aussicht?«

»Ich will nicht sagen, daß wir heute oder morgen weggehen können, Olivia. Man muß alles aufs sorgfältigste überlegen. Sie wissen ja, daß Gefangene oft unter den schwierigsten Verhältnissen ausgebrochen sind. Viele meiner Landsleute und eine Menge der Ihrigen haben Bücher darüber geschrieben, wie Gefangene sich aus deutschen Lagern befreit haben.«

»Das war etwas ganz anderes.«

»Im Grund eigentlich nicht. Wo ein Wille ist, da ist auch ein Weg. Natürlich können wir uns keinen Tunnel durch den Atlas bohren, und dadurch bleiben uns nur wenige Wege übrig. Aber was man ernstlich will, das kann man durchführen. Man muß Erfindungsgeist, Verstellung, Schauspielerei, Betrug, Bestechung zu Hilfe nehmen. Denken Sie einmal darüber nach. Das eine sage ich Ihnen: *Ich* werde hier herauskommen, das ist todsicher.«

»Daß *Sie* es schaffen werden, das glaube ich«, sagte Sylvia und fügte hinzu: »Aber was wird aus mir?«

»Bei Ihnen ist das natürlich etwas anderes.«

Es lag Befangenheit im Ton seiner Stimme. Einen Moment lang erfaßte sie nicht, was er meinte. Dann wurde ihr klar, daß er annahm, sie würde nicht ohne Betterton fliehen wollen. Sie war hierhergekommen, um mit dem Mann, den sie liebte, zusammenzusein. Und da sie diesen Zweck erreicht hatte, so konnte ihr persönliches Verlangen nach einem Entkommen aus der Niederlassung nicht so stark sein. Beinahe wäre sie versucht gewesen, Peters die Wahrheit zu sagen – aber ihr Instinkt warnte sie davor.

So wünschte sie Peters eine gute Nacht und verließ den Dachgarten.

16

»Guten Abend, Mrs. Betterton.«

»Guten Abend, Miss Jennson.«

Das magere, bebrillte Mädchen sah sehr aufgeregt aus. Ihre Augen funkelten hinter den dicken Gläsern.

»Heute abend werden wir ein Meeting veranstalten«, sagte sie. »Der Direktor höchstpersönlich wird eine Ansprache halten.«

»Das ist gut«, sagte Peters, der in der Nähe stand. »Ich warte schon lange darauf, daß ich diesen Direktor einmal in Augenschein nehmen kann.«

Miss Jennson warf ihm einen erschrockenen und vorwurfsvollen Blick zu.

»Der Direktor«, sagte sie beflissen, »ist ein wunderbarer Mensch.«

Als sie in einem der weißen Korridore verschwunden war, stieß Peters einen leisen Pfiff aus.

»Riecht das nicht beinahe nach Führerkult?«

»Ja, so hat es beinahe geklungen.«

»Das Unangenehme an dieser Existenz hier ist, daß man nie weiß, wie der Hase läuft. Wenn ich, als ich die Vereinigten Staaten voll jugendlicher Begeisterung für die menschliche Verbrüderung verließ, geahnt hätte, daß ich in die Klauen eines zweiten gottähnlichen Diktators geraten würde –« Er hob die Hände zum Himmel auf.

»Vorläufig ist das ja noch gar nicht bewiesen«, beruhigte ihn Sylvia.

»Aber ich rieche es – hier ist was faul«, sagte Peters.

»Ich bin richtig froh, daß Sie auch hier sind.« Sylvia errötete heftig, als er sie erstaunt ansah. »Weil Sie so nett und normal sind«, fügte sie in größter Verlegenheit hinzu.

Peters machte ein amüsiertes Gesicht.

»Da, wo ich herkomme«, sagte er, »hat das Wort normal eine andere Bedeutung. Man meint damit, daß jemand nicht wahnsinnig ist.«

»So habe ich es nicht gemeint. Ich wollte nur sagen, daß

101

Sie sind wie jedermann. Ach Gott, das klingt auch wieder sehr unhöflich. Wer ist schon gern wie jedermann!«

»Der Normalmensch, das ist's, was Sie meinen, nicht wahr? Sie haben offenbar genug von den genialen Menschen.«

»Ja. Und Sie haben sich auch verändert, seitdem Sie hier sind. Sie wirken nicht mehr so bitter – und voll Haß.« Doch mit einemmal verzerrte sich sein Gesicht.

»Der Eindruck täuscht vielleicht«, sagte er, »dieser Haß ist immer noch da – er glimmt im verborgenen weiter. Es gibt Dinge, die man einfach hassen muß.«

Das Meeting, das Miss Jennson angekündigt hatte, fand nach dem Dinner statt. Alle Mitglieder der Gemeinschaft versammelten sich im großen Vortragssaal. Jedoch waren die sogenannten technischen Kräfte ausgeschlossen. Die Laborgehilfen, das Küchenpersonal samt den Serviermädchen und auch die hübschen Prostituierten, die denjenigen Männern zur Verfügung gestellt wurden, die keine Frau bei sich hatten. Neben Betterton sitzend, wartete Sylvia gespannt auf die Ankunft der beinahe legendären Gestalt des Direktors. Auf ihre Fragen nach dem Mann, der die Kolonie leitete, hatte ihr Betterton immer nur ganz unbestimmte Auskunft erteilt.

»Er ist keine auffallende Erscheinung«, hatte er gesagt, »aber er verfügt über große Überzeugungskraft. Ich habe ihn nur zweimal gesehen. Er zeigt sich nicht oft. Er ist eine starke Persönlichkeit, man fühlt es, aber ehrlich gesagt, ich weiß nicht, warum.«

Infolge des ehrfurchtsvollen Tones, in dem Miss Jennson und die anderen Frauen von diesem Mann gesprochen hatten, war in Sylvia die Vorstellung von einem großen alten Mann mit lang herabwallendem Bart in weißen Gewändern entstanden, eine Art Gottvater. Sie war daher sehr verblüfft, als ein dunkler, untersetzter Mann in mittleren Jahren die Rednertribüne bestieg. Die Versammelten hatten sich bei seinem Eintreffen erhoben. Seine Erscheinung wirkte durchaus alltäglich, und man hätte ihn ohne weiteres für einen soignierten Geschäftsmann halten können. Seine Nationalität war nicht erkennbar. Abwechselnd bediente er sich dreier Sprachen, des Englischen, des Französischen und des Deutschen, mit derselben Gewandtheit, ohne sich jemals zu wiederholen oder zu stocken.

»Vor allen Dingen«, begann er, »möchte ich unsere neuen Mitarbeiter begrüßen, die den Wunsch hegten, sich unserer Gemeinschaft anzuschließen.«

Dann richtete er an jeden der Neuankömmlinge ein paar kurze Begrüßungsworte. Hierauf begann er von dem Zweck und den Zielen »unserer Gemeinschaft« zu sprechen.

Als Sylvia sich später ins Gedächtnis rufen wollte, was er eigentlich gesagt hatte, war ihr dies ein Ding der Unmöglichkeit. Denn sobald die dunklen, durchdringenden Augen und der Klang seiner zündenden Stimme fehlten, schien der ganze Inhalt seiner Rede nur eine Reihe von Gemeinplätzen gewesen zu sein. Solange der Mann auf dem Podium seine Sätze geformt und der Schar atemlos Horchender zugerufen hatte, schienen sie Weisheit und Einsicht zu enthalten. Er richtete sie vor allem an die Jugend und sagte unter anderem:

»Angehäufter Wohlstand, Klassenhochmut, einflußreiche Familienverbindungen, aus ihnen haben sich die herrschenden Kräfte der Vergangenheit zusammengesetzt. Aber heute liegt die Herrschaft in den Händen der Jugend. Wissen ist Macht! Jene Macht, die im Gehirn des Chemikers, des Arztes, des Physikers ihren Ursprung hat... Aus den Laboratorien wächst uns die Möglichkeit der Zerstörung im weitesten Ausmaß zu. Mit diesen Machtmitteln in Händen können wir sagen: Unterwirf dich – oder geh zugrunde! Diese Machtfülle darf aber nicht den Händen einer einzelnen Nation anvertraut werden. Die Macht gehört denen, die sie geschaffen haben! Diese unsere Gemeinschaft ist der Sammelplatz der Weltmacht. Ihr kommt hierher aus allen Teilen der Welt und bringt eure schöpferische Forscherkraft mit.

Und mit euch bringt ihr die Jugend! Keiner von euch ist mehr als fünfundvierzig Jahre alt. Wenn der Tag gekommen ist, so werden wir einen Trust gründen: den Gehirntrust der Wissenschaft. Und wir werden den Lauf der Welt bestimmen. Wir werden unsere Botschaften und Befehle an die Kapitalisten, die Könige, die Heere und die Industrien senden. Wir werden der Welt den *Pax Scientifica*, den Frieden der Wisschenschaft, schenken.«

Und so ging es weiter. Aber es waren nicht die Worte, die die Sinne umnebelten und den Kopf verwirrten – es war die Persönlichkeit des Redners, der diese sonst so kühle und kritische Versammlung fortriß und einer Macht unterwarf, die keinen Namen hatte.

Der Direktor schloß mit den Worten: »Durch Kampf zum Sieg! Gute Nacht!«

Sylvia verließ der Raum in einer exaltierten Verfassung, und sie stellte auf den Gesichtern der anderen dieselbe Hingerissenheit fest. Besonders fiel ihr Ericsson auf, dessen sonst so farblose Augen glühten. Dann aber fühlte sie Peters' Hand auf ihrem Arm. Er flüsterte ihr ins Ohr:

»Kommen Sie aufs Dach! Wir haben frische Luft nötig.«

Schweigend fuhren sie mit dem Lift hinauf und stiegen aus. Die Palmen rauschten, und vom Himmel blinkten die Sterne. Peters atmete tief und wie befreit auf.

»Ja«, sagte er, »das brauchen wir jetzt: reine Luft, um diesen Nebel zu vertreiben, der uns betäubt hat.«

Auch Sylvia seufzte tief auf. Sie fand sich noch nicht wieder in der Wirklichkeit zurecht.

Er gab ihr einen freundschaftlichen Puff. »Kommen Sie zu sich, Olivia!«

»Die Weltherrschaft der Wissenschaft«, sagte Sylvia, »ja, das wäre wohl schön!«

»Kommen Sie zu sich. Kehren Sie auf die Erde und zur Realität zurück. Wenn sich die Wirkung dieses Giftgases verflüchtigt hat, so werden Sie einsehen, daß Sie auf einen alten Schwindel hereingefallen sind.«

»Aber es wäre schön – ich meine, ein herrliches Zukunftsbild.«

»Zum Kuckuck mit den Zukunftsträumen. Fassen Sie die Tatsache ins Auge. Jugend und Gehirnarbeit – na schön! Und woraus setzt sich diese Jugend samt Gehirnen zusammen? Aus Helga Needheim, einer erbarmungslosen Egoistin. Aus Torquil Ericsson, einem weltfremden Träumer. Aus Dr. Barron, der seine Großmutter an den Abdecker verschachern würde, um noch bessere Möglichkeiten für seine Forschungen zu bekommen. Sehen Sie mich an, einen ganz gewöhnlichen Burschen, wie Sie selbst gesagt haben, der zur Untersuchung von Nahrungsmitteln gerade gut genug ist, aber keinerlei Talent zur Leitung eines Büros besitzt und eines Tages die Welt regieren helfen soll! Nehmen Sie Ihren eigenen Mann – ja, das muß ich Ihnen sagen –, ein Mann, dessen Nerven immer wieder versagen und der nur in der Furcht vor Vergeltung lebt. Ich habe Ihnen nur die Leute genannt, die wir am besten kennen – aber so sind sie alle hier, alle, die meinen Weg gekreuzt haben. Genies, wenigstens einige von ihnen, eignen sich ausgezeichnet für die Wissenschaftsgebiete, die sie sich ausgesucht haben, aber als Verwalter des Universums – ha, da muß ich lachen. Ansteckender Blödsinn, das war's, was wir uns eben angehört haben.«

Sylvia setzte sich auf die Steinbank und fuhr mit der Hand über ihre Stirn.

»Ich glaube, daß Sie recht haben«, sagte sie. »Aber die Benebelung ist immer noch nicht ganz weg. Wie macht er das nur? Glaubt er selbst an seine Worte? Das muß doch so sein.«

Düster antwortete Peters: »Mir scheint, daß es bei Größenwahnsinnigen letzten Endes immer aufs gleiche hinauskommt: Ein Verrückter, der glaubt, er sei der Herrgott.«

Langsam sagte Sylvia: »Es mag wohl sein. Und doch – gerade das ist so furchtbar deprimierend: daß es nur ein Hirngespinst ist.«

»Aber es ist so, meine Liebe. Das zieht sich ja durch die ganze Menschheitsgeschichte hindurch. Und es wirkt immer. Beinahe hätte ich mich heute abend auch betören lassen – so wie es Sie gepackt hat. Wenn ich Sie nicht hier heraufgelotst hätte –« Plötzlich änderte er seinen Ton. »Vielleicht hätte ich's nicht tun sollen. Was wird Betterton dazu sagen? Wird er es nicht merkwürdig finden?«

»Das glaube ich nicht. Er wird gar keine Notiz davon nehmen.«

Er sah sie fragend an. »Es tut mir leid, Olivia. Es muß eine wahre Hölle für Sie sein, mit anzusehen, wie er vor die Hunde geht.«

Sylvia sprang auf: »Wir müssen fort von hier. Fort – fort.«

»Wir werden hinauskommen.«

»Das haben Sie schon früher gesagt – aber wir sind noch hier.«

»Warten Sie's ab! Nur Geduld. Ich bin inzwischen nicht untätig gewesen.«

Sie sah ihn überrascht an.

»Es ist noch kein bestimmter Plan, aber ich habe mich mit aller Vorsicht ein bißchen subversiv betätigt. Es herrscht hier teilweise große Unzufriedenheit, und zwar in viel höherem Maß, als unser gottähnlicher Direktor weiß. Vor allem unter den unwichtigeren Gliedern der Gemeinschaft. Gutes Essen, Geld und Luxus und Frauen bedeuten nicht alles. Ich werde Sie von hier wegbringen, Olivia.«

»Und Tom auch?«

Peters' Gesicht verfinsterte sich.

»Hören Sie mir zu, Olivia, und glauben Sie, was ich sage. Für Tom ist es am besten, wenn er hierbleibt. Er ist hier« – sekundenlang zögerte er – »sicherer als draußen in der übrigen Welt.«

»Sicherer? Was für ein komischer Ausdruck.«

»Sicherer«, wiederholte Peters, »ich gebrauche diesen Ausdruck mit voller Absicht.«

Sylvia runzelte die Stirn. »Ich verstehe wirklich nicht, was Sie meinen. Tom ist doch nicht – Sie wollen doch nicht sagen, daß er geistig nicht in Ordnung sei?«

»Nicht im mindesten. Er ist so gesund wie Sie oder ich.«

»Warum sagen Sie dann, er sei hier sicherer?«

Langsam antwortete Peters: »In einem Käfig ist man in manchen Fällen sehr gut aufgehoben.«

»Ach nein!« rief Sylvia. »Sagen Sie nicht, daß Sie das auch glauben. Sagen Sie nicht, daß die Massenhypnose oder Massensuggestion oder wie immer es heißen mag, letzten Endes auch auf Sie wirkt. Sicherheit, Ruhe, Zufriedenheit! Nein, wir müssen uns empören! Wir müssen frei werden.«

Zögernd meinte Peters: »Ja, ich weiß. Aber –«

»Tom will auf jeden Fall fort von hier. Er verzweifelt förmlich bei dem Gedanken, hierbleiben zu müssen.«

»Betterton weiß vielleicht nicht, was gut für ihn ist.«

Plötzlich entsann sich Sylvia der Andeutungen, die ihr Tom gemacht hatte. Wenn er wissenschaftliche Ergebnisse verraten hatte, so hatte er sich in gewissem Sinne strafbar gemacht – ohne Zweifel war dies auch der Grund der Überlegungen von Peters. Aber Sylvia hatte die feste Überzeugung, daß es besser wäre, eine Gefängnisstrafe abzubüßen, als hierzubleiben. So sagte sie hartnäckig:

»Tom muß mitkommen.«

Sie war ganz überrascht, als Peters plötzlich in bitterem Ton sagte: »Machen Sie das, wie Sie wollen. Ich habe Sie gewarnt. Ich hätte nur gern gewußt, warum Sie sich so sehr um diesen Menschen sorgen.«

Sie sah ihn mißbilligend an. Heftige Worte drängten sich ihr auf die Lippen, aber sie hielt sie zurück. Sollte sie vielleicht sagen, was sie in Wirklichkeit fühlte, nämlich:

Ich sorge mich gar nicht um ihn. Er bedeutet mir nichts. Er war der Gatte einer anderen Frau, für die ich einen Auftrag übernommen habe. Am liebsten hätte sie gesagt: Du Narr, der einzige, um den ich mir Sorgen mache, bist du!

»Nun, du hast dich gut mit deinem netten Amerikaner unterhalten?«

Mit diesen Worten begrüßte Betterton Sylvia, als sie ins Schlafzimmer trat. Er lag auf seinem Bett und rauchte. Sie errötete flüchtig.

»Wir sind zusammen hier eingetroffen«, sagte sie, »und verstehen uns außerdem in vielen Dingen.«

Er lachte. »Oh, ich wollte dich nicht zur Rede stellen.« Zum erstenmal betrachtete er sie mit einer gewissen Bewunderung.

»Du siehst sehr gut aus, Olivia«, stellte er fest. (Sylvia hatte von Anfang an darauf bestanden, daß er sie mit dem Vornamen seiner Frau anredete.)

»Ja«, wiederholte er und musterte sie von neuem, »du siehst verdammt hübsch aus. Ich habe das schon längst bemerkt. Aber wie die Dinge nun einmal liegen, muß mir das egal sein.«

»Das macht nichts«, sagte Sylvia trocken.

»Ich bin ein durchaus normaler Mann, meine Liebe, oder ich war es wenigstens. Was ich jetzt bin, das weiß Gott allein.«

Sylvia setzte sich auf den Bettrand.

»Was ist los mit dir, Tom?« fragte sie.

»Das habe ich doch schon gesagt. Ich kann mich nicht mehr konzentrieren. Als Wissenschaftler bin ich erledigt. Dieser Ort –«

»Die anderen – oder zumindest die meisten von ihnen – fühlen sich nicht so unglücklich wie du.«

»Weil es eine stumpfe Bande ist, nehme ich an.«

»Einige von ihnen sind recht lebendig«, sagte Sylvia und fuhr dann fort: »Wenn du hier nur einen Freund hättest – einen aufrichtigen Freund.«

»Nun, ich habe ja Murchison. Obgleich er ein schwerfälliger Kerl ist. Und kürzlich war ich öfter mit Torquil Ericsson zusammen.«

»Wirklich?« fragte Sylvia überrascht.

»Ja. Mein Gott, er ist hochbegabt. Ich wollte, ich hätte seinen Kopf.«

»Er ist ein merkwürdiger Mensch«, sagte Sylvia, »mir macht er immer angst.«

»Angst? Vor Torquil? Der ist sanft wie ein Lamm. In manchen Dingen das reinste Kind. Gänzlich weltfremd.«

»Und doch ist er mir unheimlich«, sagte Sylvia hartnäckig.

»Du scheinst mit deinen Nerven auch nicht auf der Höhe zu sein.«

»Vorläufig sind sie noch in Ordnung. Tom, sei nicht offen gegenüber Ericsson.«

Er sah sie durchdringend an. »Warum denn nicht, um Himmels willen?«

»Ich weiß nicht. Das ist Gefühlssache.«

17

Leblanc zuckte die Achseln.

»Es ist sicher, daß sie Afrika verlassen haben.«

»Nein, es ist nicht sicher«, konterte Jessop.

»Aber alle Anzeichen deuten darauf hin.« Der Franzose schüttelte den Kopf. »Übrigens wissen wir ja gar nicht, *wem* sie sich verschrieben haben.«

»Wenn sie sich denen verschrieben haben, an die wir denken, warum haben sie dann die Reise von Afrika aus angetreten? Von jeder Stelle in Europa aus wäre es einfacher gewesen.«

»Das ist richtig. Aber die Sache erlaubt noch eine andere Deutung. Niemand würde auf die Idee kommen, daß sie sich hier versammeln und von hier aufbrechen.«

»Ich sehe das anders«, fuhr Jessop mit sanfter Hartnäckigkeit fort. »Nur ein kleines Flugzeug konnte von diesem Flugfeld aufsteigen. Es hätte zwischenlanden und vor dem Flug übers Mittelmeer neuen Treibstoff aufnehmen müssen, um bis nach Europa zu gelangen. Und wenn sie irgendwo neuen Treibstoff aufgenommen hätten, so hätten sie weitere Spuren hinterlassen.«

»Mein Lieber, wir haben die genauesten Nachforschungen angestellt – überall in dieser Region.«

»Die Leute mit den Geigerzählern müssen schließlich doch zu einem Ergebnis kommen«, sagte Jessop. »Die Anzahl der Flugzeuge, die man untersuchen muß, ist beschränkt. Nur eine Spur von Radioaktivität, und wir wissen, daß es das Flugzeug ist, das wir suchen –«

»Wir kriegen's noch heraus«, sagte Jessop eigensinnig.

»Könnte es nicht sein –«

»Was?«

»Wir sind immer der Meinung gewesen, daß sie nach Norden, in Richtung zum Mittelmeer, reisen. Aber angenommen, sie flogen nach Süden?«

»Aber von dort sind sie ja gekommen. Und wo hätten sie denn da hinfliegen sollen? Dort ist das Atlasgebirge – und dann die Wüste.«

»Sidi, schwörst du mir, daß es sein wird, wie du es versprochen hast? Ich kriege Tankstelle in Amerika, in Chicago? Wird es dabei bleiben?«

»Gewiß, Mohammed, wenn wir erst von hier weg sind.«

»Der Erfolg steht bei Allah!«

»Hoffen wir also, daß es Allahs Wille ist, daß du eine Tankstelle in Chicago bekommst. Warum übrigens ausgerechnet in Chicago?«

»Sidi, der Bruder meines Weibes wanderte nach Amerika aus, und er besitzt ein Auto in Chicago. Soll ich meine ganzen Tage in diesem abgelegenen Erdenwinkel leben? Hier gibt es zwar Geld und genug zu essen und Teppiche und Weiber – aber es ist nicht modern. Es ist nicht Amerika.«

Peters betrachtete gedankenvoll das würdevolle schwarze Gesicht. Mohammed in seinen weißen Gewändern war wirklich ein erfreulicher Anblick. Was für törichte Wünsche hegt doch das Menschenherz!

»Ich glaube nicht, daß das klug von dir ist«, sagte Peters

seufzend, »aber wie du willst. Natürlich, falls es entdeckt wird –«

Der andere lächelte, daß seine schneeweißen Zähne blitzten. »Dann bedeutet das für mich den Tod. Für dich nicht, Sidi, denn du bist ihnen wichtig.«

»Aber sie sind hier mit dem Tod schnell bei der Hand, nicht wahr?«

Der andere hob die Schultern mit einem Lächeln der Verachtung und ließ sie wieder fallen.

»Was ist Tod? Auch er ist im Willen Allahs beschlossen.«

»Du weißt also, was du zu tun hast.«

»Ich weiß es, Sidi. Ich habe dich, wenn es dunkel ist, auf das Dach zu bringen. Dann habe ich in deinem Zimmer die Kleider zu hinterlegen, die gleichen, wie ich und andere Diener sie tragen. Später –«

»Kein Wort mehr! Und nun wird es gut sein, wenn du mich aus dem Lift wieder hinausläßt. Es könnte doch jemand auffallen, wenn wir immer rauf und runter fahren. Man könnte Verdacht schöpfen.«

Der Tanz war in vollem Gang. Andy Peters tanzte mit Miss Jennson. Er hielt sie fest an sich gedrückt, und es sah aus, als ob er ihr etwas ins Ohr flüstere. Als sie in die Nähe Sylvias kamen, sah er sie bedeutsam an und gab ihr einen Wink. Sylvia verbiß ein Lächeln und wandte sich rasch ab. Ihr Blick fiel auf Betterton, der am anderen Ende des Raums im Gespräch mit Torquil Ericsson stand. Sylvia runzelte leicht die Stirn.

»Wollen Sie mit mir tanzen, Olivia?« fragte Murchison neben ihr.

»Natürlich, Simon«, antwortete sie.

»Aber ich muß Sie zuvor warnen«, sagte er, »ich bin nämlich ein schlechter Tänzer.«

Sylvia tat ihr möglichstes, ihre Zehen vor seinen energisch auftretenden Füßen zu schützen.

»Übung ist alles, das sage ich immer«, erklärte Murchison und stampfte weiter. Er war wirklich sehr ungeschickt.

»Sie haben ein sehr schönes Kleid an, Olivia«, sagte er. Ihre

Unterhaltung hörte sich an, als sei sie einer Novelle aus dem vorigen Jahrhundert entnommen.

»Es freut mich, daß es Ihnen gefällt«, fuhr Sylvia in derselben Manier fort.

»Es stammt gewiß aus unserer Kleiderabteilung?«

Sylvia widerstand der Versuchung, zu fragen: Woher denn sonst? und sagte nur: »Ja.«

»Ich muß wirklich sagen«, und Murchison stampfte weiter, »man ist hier sehr nett zu uns. Ich habe es erst kürzlich zu Bianca gesagt. Die europäischen Wohlfahrtseinrichtungen sind gar nichts dagegen. Keine Sorgen wegen Geld oder Steuern oder Lebensunterhalt. Alles wird uns abgenommen. Für Frauen muß das ein herrliches Leben sein.«

»Findet das Bianca auch?«

»Erst war sie etwas unzufrieden, aber nun hat sie verschiedene Komitees gegründet und organisiert allerhand – Diskussionen und Vorträge und so weiter. Sie beklagt sich übrigens, daß Sie so gar keinen Anteil an diesen Dingen nehmen.«

»Es tut mir leid, daß ich nicht die geeignete Person bin, Simon. Ich bin nicht sehr gesellig veranlagt.«

»Ja, aber eine junge Frau muß sich doch auf irgendeine Weise die Zeit vertreiben. Ich meine zwar nicht, daß sie sich nur amüsieren soll –«

»Sie meinen, sie soll sich mit etwas beschäftigen?«

»Ja. Ich glaube, die moderne Frau sollte an allem Anteil nehmen. Ich kann begreifen, daß Frauen wie Sie und Bianca ein großes Opfer gebracht haben, als sie hierherkamen. Ihr seid beide keine Wissenschaftler, Gott sei Dank – wirklich, diese Wissenschaftlerinnen! Die meisten von ihnen sind furchtbar einseitig. Ich habe zu Bianca gesagt: ›Laß Olivia Zeit, sie wird sich schon noch einleben.‹ Man braucht Zeit, sich an diesen Ort zu gewöhnen. Zuerst kommt man sich wie in einem Kloster vor. Aber es gibt sich – es gibt sich.«

»Sie wollen sagen, daß man sich mit der Zeit an alles gewöhnt?«

»Gewiß, manche leiden allerdings darunter. Für Tom zum Beispiel scheint es sehr hart zu sein. Wo ist übrigens Tom heute abend? Oh, ich sehe ihn schon, dort steht er mit dem jungen Ericsson. Die beiden sind unzertrennlich.«

»Ich wollte, sie wären es nicht. Ich begreife das nicht, denn sie können doch nicht viel miteinander gemeinsam haben.«

»Der junge Torquil ist ganz begeistert von Ihrem Mann. Er folgt ihm auf Schritt und Tritt.«

»Das habe ich auch schon bemerkt. Aber warum eigentlich?«

»Ach, sie reden über irgendwelche wissenschaftliche Theorien. Ich habe Mühe, ihm zu folgen, da er sich auf englisch nur schlecht ausdrücken kann. Aber Tom bringt es fertig, ihn zu verstehen.«

Der Tanz war zu Ende. Andy Peters tauchte auf und nahm Sylvia für den nächsten Tanz in Beschlag.

»Ich habe Ihre Leiden mit angesehen«, sagte er, »sind Sie nicht ganz zusammengetrampelt worden?«

»Oh, ich habe sehr aufgepaßt.«

»Haben Sie bemerkt, wie ich geflirtet habe?«

»Mit der Jennson?«

»Ja. Ich darf, ohne unbescheiden zu sein, behaupten, daß ich großen Erfolg gehabt habe. Diese störrischen, kurzsichtigen Mädels sind sehr wandlungsfähig, wenn man sie richtig zu nehmen weiß.«

»Man hatte ganz den Eindruck, daß Sie in die Jennson verschossen seien.«

»Diesen Eindruck wollte ich auch erwecken. Wenn man dieses Mädchen richtig behandelt, Olivia, so kann sie von großem Nutzen für uns sein. Sie ist in alles hier eingeweiht. So wird morgen zum Beispiel eine Gruppe von Besuchern kommen: Wissenschaftler, ein paar Politiker und ein oder zwei reiche Geldgeber.«

»Andy, halten Sie es für möglich –«

»Nein, das tue ich nicht. Hier paßt man bei solchen Gelegenheiten höllisch auf. Nähren Sie also keine falschen Hoffnungen. Aber es kann von Wert sein zu

113

beobachten, wie es bei solchen Gelegenheiten zugeht. Und beim nächsten Mal – nun, vielleicht läßt sich da was machen. Solange mir die Jennson aus der Hand frißt, kann ich eine Menge von ihr erfahren.«

»Was wissen die Leute, die jetzt kommen?«

»Was uns – ich meine die Gemeinschaft – betrifft, überhaupt nichts. Ich nehme es wenigstens an. Sie werden speziell die medizinische Forschungsabteilung besuchen. Diese Anlage ist absichtlich wie ein Labyrinth konstruiert, so daß niemand, der hereinkommt, erraten kann, wie weitläufig die ganze Anlage ist. Ich vermute, daß es überall Zwischenwände gibt, die jeden Arbeitsbereich vom anderen trennen.«

»Das klingt alles so unglaubwürdig.«

»Ja. Die halbe Zeit läuft man wie im Traum herum. Es ist auch so merkwürdig, daß hier gar keine Kinder vorhanden sind. Vielleicht ist es auch besser so. Seien Sie froh, daß Sie keine haben.«

Ein Ruck ging durch ihren Körper. Er fühlte, daß er einen wunden Punkt berührt hatte. Schnell führte er sie von der Tanzfläche weg zu einem Sessel.

»Verzeihen Sie, daß ich Sie verletzt habe.«

»Ach, Sie können nichts dafür. Ich hatte ein Kind, und es ist gestorben – das ist alles.«

»Sie hatten ein Kind?« Er starrte sie verblüfft an. »Ich dachte, Sie seien kaum sechs Monate mit Betterton verheiratet.«

Sylvia errötete und sagte schnell:

»Ja, natürlich, aber ich war schon einmal verheiratet und ließ mich scheiden.«

»Ach so. Das ist das Unangenehme hier, daß keiner vom andern aus seiner früheren Existenz etwas weiß. So sagt man oft Dummheiten. Es kommt mir so sonderbar vor, daß ich überhaupt nichts von Ihnen weiß.«

»Mir geht es ebenso mit Ihnen. Ich weiß nicht, wie Sie aufgewachsen sind – und wo –, nichts über Ihre Familie –«

»Ich bin in einer wissenschaftlichen Atmosphäre aufge-

114

wachsen, habe sie sozusagen mit der Muttermilch eingesogen. Es wurde zu Hause überhaupt nur von wissenschaftlichen Dingen gesprochen. Aber ich war nie der Stolz der Familie. Das war jemand anders –«

»Wer denn?«

»Es war ein Mädchen, ein Genie. Sie hatte das Zeug zu einer Madame Curie.«

»Und was ist mit ihr?«

»Sie wurde ermordet«, antwortete er kurz.

Eine Tragödie der Kriegszeit, dachte Sylvia und fragte sanft: »Hatten Sie sie gern?«

»Mehr als irgend jemanden auf der Welt.«

Dann stand er plötzlich auf. »Genug davon. Wir haben jetzt andere Sorgen. Da, schauen Sie sich unseren norwegischen Freund an! Abgesehen von seinen Augen macht er den Eindruck einer Holzpuppe. Und diese wunderbaren steifen Verbeugungen! Man meint immer, er sei eine an der Schnur gezogene Marionette.«

»Weil er so groß und mager ist.«

»Er ist gar nicht so groß. Nicht viel größer als ich.«

»Der Augenschein täuscht oft.«

»Ja, das ist wie mit den Beschreibungen im Paß. Nehmen wir einmal Ericsson als Beispiel. Er ist etwa einsachtzig groß, hat blondes Haar, blaue Augen, längliches Gesicht und keine weiteren äußerlichen Kennzeichen – außer seinem steifen Gehabe. Aber selbst, wenn man noch hinzufügte, was nicht in einem Paß steht – ›drückt sich korrekt, aber umständlich aus‹ –, so würde man daraus nicht im mindesten schließen können, wie Torquil wirklich aussieht... Aber was haben Sie denn?«

»Nichts.«

Sie starrte zu Ericsson hinüber. Das war ja beinahe eine Beschreibung von Boris Glyn gewesen, was sie da eben von Peters gehört hatte! Beinahe Wort für Wort Jessops Beschreibung! Hatte sie darum Ericsson gegenüber immer dieses unangenehme Gefühl gehabt? War es möglich? Sie drehte sich nach Peters um und sagte:

115

»Ist er wirklich Ericsson? Könnte er nicht irgend jemand anders sein?«

Peters sah sie erstaunt an:

»Aber wieso denn? Wer sollte es denn sonst sein?«

»Könnte er nicht unter falschem Namen hier sein?«

Peters überlegte und sagte dann:

»Ich glaube nicht – es wäre kaum durchzuführen. Er kann doch nicht nur vorgeben, Wissenschaftler zu sein. Das würde bald herauskommen – außerdem kennt man ihn genau.«

»Aber niemand hier scheint ihn jemals vorher getroffen zu haben und sein Arbeitsgebiet zu kennen – da könnte er sich doch unter falschem Namen eingeschlichen haben.«

»Sie meinen, er könnte so eine Art Doppelexistenz führen? Das ist wenig wahrscheinlich.«

»Sie haben recht, es ist wirklich nicht sehr wahrscheinlich.«

Er war also doch nicht Boris Glyn. Aber warum hatte Olivia Betterton ihren Mann so dringend vor Boris warnen wollen? Wußte sie vielleicht, daß er sich auf dem Weg zur Kolonie befand? Und dieser Ericsson schlich so verdächtig oft um Tom herum. Angenommen, der Mann, der nach London kam und sich Boris Glyn nannte, war gar nicht Boris Glyn? Angenommen, es war Ericsson gewesen? Die Beschreibung stimmte. Sicher war Ericsson eine gefährliche Persönlichkeit – man wußte ja nie, was hinter den farblosen Träumeraugen vorging... Sie schauderte.

»Olivia, was haben Sie denn? Was ist mit Ihnen los?«

»Ach nichts. Da, sehen Sie, der stellvertretende Direktor will etwas verkünden.«

Dr. Nielson bat mit erhobener Hand um Ruhe. Er sprach von der Tribüne des Saals ins Mikrophon.

»Freunde und Mitarbeiter! Morgen wird man Sie bitten, vorübergehend in unser Notquartier, in einen anderen Flügel umzuziehen. Bitte kommen Sie um 11 Uhr vormittags zum Appell. Eine solche Umquartierung dauert nie länger als 24 Stunden. Ich bedaure diese Unbequemlichkeit. Draußen ist ein Plakat angeschlagen, aus dem Sie alles weitere ersehen.«

Er zog sich mit freundlichem Lächeln zurück. Die Tanzkapelle setzte wieder ein.

»Ich muß mich wieder an die Jennson heranmachen«, sagte Peters, »sie steht dort hinter einem Pfeiler. Ich möchte gern etwas Genaueres über diesen merkwürdigen Flügel erfahren.«

Er ging. Sylvia hing ihren Gedanken nach. Waren ihre Befürchtungen nicht übertrieben? Wer war Ericsson? Wer war Boris Glyn?

Im großen Vortragssaal wurde ein Appell abgehalten. Alle waren anwesend und antworteten auf Namensaufruf. Dann ordneten sie sich zu einer langen Reihe und verließen den Saal.

Wie gewöhnlich führte der Weg durch eine Unmenge gewundener Gänge. Sylvia, die neben Peters ging, bemerkte einen winzigen Kompaß in seiner Hand. Dadurch konnte er unbemerkt die Richtung des Wegs verfolgen.

»Nicht, daß es gerade von großem Nutzen wäre«, bemerkte er leise, »oder vielmehr im Augenblick ist es nicht von Nutzen. Aber vielleicht später einmal.«

Am Ende eines Ganges, der vor einer verschlossenen Tür endete, gab es eine kleine Stockung, bis die Tür offen war. Peters nahm seine Zigarettendose heraus, aber sofort ertönte van Heidems befehlende Stimme:

»Rauchen verboten! Das sollten Sie doch wissen!«

»Entschuldigen Sie.«

Aber Peters behielt die Dose in der Hand. Dann ging er weiter.

»Wir werden vorangetrieben wie eine Schafherde«, bemerkte Sylvia mißvergnügt.

»Nur nicht ärgern«, murmelte Peters, »mäh, mäh, ein schwarzes Schaf ist in der Herde und sinnt auf Unheil.«

Sie warf ihm einen belustigten Blick zu.

»Der Schlafsaal für Frauen befindet sich rechts«, sagte Miss Jennson, und sie führte die weiblichen Teilnehmer in die angegebene Richtung. Die Männer wurden auf der linken Seite untergebracht. Der Schlafsaal war sehr geräumig und erinnerte an ein Krankenhaus. Längs der Wände waren Betten aufgestellt, die, je nach Wunsch, durch Plastikvorhänge abgeschlossen werden konnten. Neben jedem Bett befand sich ein Schrank.

»Sie werden die Einrichtung sehr primitiv finden«, sagte Miss Jennson, »aber immerhin ausreichend. Das Badezimmer befindet sich am entgegengesetzten Ende auf der rechten Seite. Und durch die Tür daneben gelangt man in den Aufenthaltsraum.«

Dieser Gemeinschaftsraum, in dem man sich später zusammenfand, erinnerte an den Wartesaal eines kleinen Flughafens. Auf der einen Seite war eine Bar und eine Theke, wo man einen Imbiß nehmen konnte. Auf der anderen Seite hatte man Zeitschriftenregale angebracht.

Der Tag verging ganz angenehm. Es wurden zwei Filme vorgeführt auf einer kleinen transportablen Projektionsfläche. Die Beleuchtung sollte den Eindruck von Tageslicht erwecken, damit der Mangel an Fenstern nicht auffiel. Gegen Abend wurde eine andere Garnitur mild beleuchtender Birnen eingeschaltet.

»Schlau eingerichtet«, sagte Peters anerkennend, »denn das Gefühl, hier eingesperrt zu sein, wird durch diesen Zauber ziemlich verdrängt.«

Wir können nichts unternehmen, dachte Sylvia, irgendwo, ganz in unserer Nähe, befinden sich Menschen, die von draußen kommen. Und wir können uns nicht mit ihnen in Verbindung setzen, sie nicht um Hilfe bitten. Wie gewöhnlich ist alles aufs genaueste ausgedacht und vorbereitet worden.

Peters saß neben Miss Jennson. Sylvia schlug den Murchisons eine Bridgepartie vor. Tom Betterton schloß sich aus mit der Begründung, er könne sich nicht konzentrieren. So machte Dr. Barron den vierten Mann.

Sylvia wunderte sich selbst, daß ihr das Spiel Vergnügen machte. Es war halb zwölf, als der dritte Robber zu Ende ging. Sie und Dr. Barron hatten gewonnen.

»Es war eine Abwechslung«, sagte sie und sah auf ihre Uhr. »Aber wie spät es schon ist! Ich nehme an, daß die Besucher nun weg sind – oder bleiben sie gar über Nacht?«

»Das weiß ich wirklich nicht«, antwortete Simon Murchison, »aber es mag sein, daß eine oder zwei von den medizinischen Kapazitäten noch bleiben. Jedenfalls werden morgen mittag alle weg sein.«

»Und dann werden wir wieder heimgetrieben?«

»Ja. Es wird aber auch Zeit. Das ganze Arbeitsprogramm gerät einem durcheinander mit solchen Geschichten.«

»Immerhin ist es großartig organisiert«, fügte Bianca wohlgefällig hinzu. Sie und Sylvia standen auf und verabschiedeten sich mit einem Gutenachtwunsch von den beiden Herren. Sylvia ließ Bianca den Vortritt in den schwach erhellten Schlafsaal. In diesem Augenblick fühlte sie eine leichte Berührung am Arm. Sie wandte sich rasch um. Neben ihr stand einer der großen dunkelhäutigen Diener. Mit unterdrückter Stimme sagte er auf französisch:

»Madame, bitte kommen Sie.«

»Wohin denn?«

»Bitte folgen Sie mir.« Einen Augenblick stand sie unschlüssig da. Bianca war im Schlafsaal verschwunden. Im Aufenthaltsraum waren nur noch wenig Personen, die sich miteinander unterhielten. Wieder fühlte sie die leichte Berührung.

»Bitte, Madame, kommen Sie mit mir.«

Er ging einige Schritte voran und sah zurück, um sich zu vergewissern, daß sie ihm folgte. Sylvia bemerkte, daß der Mann viel besser gekleidet war als die anderen eingeborenen Diener. Sein Gewand wies reiche Goldstickereien auf.

Er führte sie durch eine kleine Tür in der Ecke des großen Raumes, dann weiter durch einen der geheimnisvollen weißen Gänge. Sie hatte nicht den Eindruck, daß es der gleiche Weg sei, auf dem sie hereingeführt

119

worden waren, konnte es aber nicht mit Sicherheit feststellen, da ein Gang wie der andere aussah. Einmal wollte sie eine Frage an den Führer richten, aber er schüttelte ungeduldig den Kopf und strebte weiter. Endlich blieb er am Ende eines Ganges stehen und drückte auf einen Knopf in der Mauer. Eine Seitenwand glitt zurück und gab einen kleinen Aufzug frei. Er forderte sie mit einer höflichen Handbewegung auf einzusteigen, folgte ihr, und der Lift schoß nach oben.

»Wohin bringen Sie mich?« fragte Sylvia ungnädig.

Der Diener sah sie vorwurfsvoll mit seinen schwarzen Augen an: »Zum Herrn, Madame. Es ist eine große Auszeichnung für Sie.«

»Zum Direktor, meinen Sie?«

»Nein, zum Herrn.«

Der Lift hielt. Der Diener schob die Türen zur Seite und half ihr heraus. Dann gingen sie einen anderen Gang hinunter und kamen abermals an eine Tür. Ihr Begleiter klopfte an, und die Tür wurde von innen aufgemacht. Auch hier fungierten dunkelhäutige, in goldgestickte weiße Gewänder gehüllte Gestalten als Dienstpersonal. Der Mann führte Sylvia durch das tapezierte Vorzimmer und schlug die Vorhänge auf der entgegengesetzten Seite auseinander. Sylvia ging über eine Schwelle und befand sich zu ihrer Verwunderung in einem in orientalischem Geschmack ausgestatteten Raum. Da standen breite, niedere Ruhebetten, grazile Mokkatischchen; das Ganze umrahmt von wundervollen Wandteppichen in leuchtenden Farben. Auf einem niedrigen Diwan saß ein Mann, den Sylvia verblüfft anstarrte.

Es war Monsieur Aristides, und er lächelte...

»Nehmen Sie Platz, *chère Madame*«, sagte er. Er winkte ihr mit seiner kleinen, klauenartigen Hand. Wie im Traum folgte Sylvia dem Wink und ließ sich auf einem Diwan nieder, der ihm gegenüberstand. Er lachte leise.

»Das ist eine Überraschung, nicht wahr? Das haben Sie nicht erwartet?«

»Nein«, antwortete Sylvia, »allerdings nicht. Ich —«

Aber schon begann ihre Überraschung abzuflauen. Beim Anblick von Monsieur Aristides stürzte die seltsame Traumwelt zusammen, in der sie die vergangenen Wochen gelebt hatte. Sie wußte nun, daß die ganze »Gemeinschaft« ihr unwirklich vorgekommen war, weil sie in Wirklichkeit nicht bestand. Sie war nicht das, was sie scheinen wollte. Auch jener Direktor mit seiner berückenden Stimme war nur eine Theaterfigur, mit der man Illusionen vermitteln wollte. Die Wahrheit war hier in diesem morgenländisch aufgeputzten Zimmer. Sie war dieser alte Mann, der vor sich hinlachte. Wenn Monsieur Aristides der Mittelpunkt dieser Welt war – dann war es eine durchaus praktische, zweckvolle, illusionslose Welt.

»Jetzt verstehe ich alles«, sagte Sylvia, »es ist Ihr Werk?«

»Ja, Madame.«

»Und der Direktor? Dieser sogenannte Direktor?«

»Er ist sehr tüchtig«, erwiderte Monsieur Aristides anerkennend, »deshalb bezahle ich ihm auch ein hohes Gehalt. Er hat früher okkultistische Versammlungen geleitet.«

Er schwieg einen Augenblick nachdenklich und rauchte. Auch Sylvia schwieg erwartungsvoll.

»Neben Ihnen, Madame, auf dem Tischchen da, sind einige türkische Spezialitäten und auch andere Leckereien, falls Ihnen diese lieber sind.«

Wieder trat Schweigen ein. Dann fuhr er fort:

»Ich bin ein Menschenfreund, Madame. Wie Sie wissen, bin ich sehr reich – einer der reichsten, vielleicht der reichste Mann der Welt. Mit meinen Mitteln möchte ich der Menschheit dienen. Hier, an diesem weltverlorenen Fleck, habe ich eine Leprakolonie angelegt und lasse Heilversuche in weitestem Ausmaß mit den Kranken anstellen. Gewisse Formen des Aussatzes sind heilbar. Andere haben sich als unheilbar erwiesen. Aber wir arbeiten weiter und erzielen gute Resultate. Der Aussatz ist kein so leicht übertragbares Übel, wie man immer meint. Er ist nicht halb so ansteckend und gefährlich wie zum Beispiel Pocken oder Typhus. Und doch, wenn man zu den Leuten sagt, ›eine Leprakolonie‹, so läuft ihnen eine Gänsehaut über den Rücken. Es ist eine alte Furcht. Sie findet sich schon in der Bibel, und sie hat sich durch Jahrtausende gut gehalten, diese Angst vor dem Aussatz. Ich hielt es darum für zweckmäßig, diese Leprastation hier zu errichten.«

»Sie haben sie aus den angegebenen Gründen errichtet?«

»Ja. Wir haben aber auch eine Abteilung für Krebsforschung, und auch auf dem Gebiet der Tuberkulose ist schon Bedeutendes geleistet worden. Ferner gibt es eine Abteilung zur Erforschung der Krankheitserreger – natürlich nur zu Heilzwecken, an Kriegszwecke wird dabei nicht gedacht. Alles zu humanen Zwecken, die mir sehr zur Ehre gereichen. Bekannte Physiker, Chirurgen, Chemiker reisen hierher und unterrichten sich über unsere Forschungsergebnisse, so wie es auch heute der Fall war. Das Gebäude ist so scharfsinnig konstruiert, daß ein Teil davon vollkommen abgeschlossen ist und nicht einmal aus der Luft wahrgenommen werden kann. Die geheimsten Laboratorien sind direkt in den Felsen eingebaut. Jedenfalls bin ich vor Schnüfflern sicher.« Er lächelte und sagte einfach: »Wissen Sie, ich kann es mir leisten.«

»Aber«, fragte Sylvia, »warum dann dieser Drang zur Zerstörung?«

»Aber Madame! Ich fühle durchaus keinen Drang zur Zerstörung in mir. Sie tun mir unrecht, Gnädigste!«

»Dann verstehe ich das alles nicht.«

»Ich bin ein Geschäftsmann«, antwortete Aristides, »und außerdem bin ich noch Sammler. Wenn man den Reichtum als Last empfindet, so gewähren solche Dinge die einzige Erleichterung. Ich habe vieles gesammelt. Gemälde zum Beispiel – ich besitze die wertvollste private Gemäldesammlung in ganz Europa. Auch gewisse Arten von Keramik sammle ich und außerdem noch Briefmarken. Meine Briefmarkensammlung ist berühmt. Wenn die eine Sammlung so gut wie vollständig ist, so geht man zur nächsten über. Ich bin ein alter Mann, Madame, und es gibt keine große Auswahl mehr unter den Dingen, die ich sammeln könnte. So habe ich mich darauf verlegt, Gehirne zu sammeln.«

»Gehirne?« fuhr Sylvia erschrocken dazwischen.

Er nickte freundlich. »Ja, das ist das interessanteste Sammelobjekt von allen. Nach und nach, Madame, speichere ich hier die besten Gehirne der ganzen Welt. Und es sind die jungen Kräfte, die ich hierherbringe, junge, vielversprechende Menschen. Eines Tages werden die müde gewordenen Nationen der Welt sich sagen, daß ihre Wissenschaftler alt und stumpf geworden sind, und sie werden erkennen, daß alle jungen und leistungsfähigen Kräfte, Ärzte, Chemiker, Physiker, Chirurgen hier bei mir sind und daß ich sie alle in der Hand habe. Und wenn sie einen erstklassigen Gesichtschirurgen oder Genbiologen brauchen, so werden sie zu mir kommen und ihn mir abkaufen müssen.«

»Sie wollen damit sagen –« Sylvia brach ab, beugte sich vor und sah ihn starr an. »Sie wollen mit anderen Worten sagen, daß es sich um eine riesenhafte Spekulation handelt?«

Abermals nickte Aristides freundlich.

»Natürlich, andernfalls hätte es doch keinen Sinn, nicht wahr?«

Sylvia atmete tief auf. »Nein«, sagte sie dann, »und ich habe das von Anfang an gefühlt.«

»Ich bin eben in erster Linie Geschäftsmann«, erklärte

Monsieur Aristides beinahe entschuldigend, »es ist mein Beruf. Ich bin Finanzmann großen Stils.«

»Und Sie haben keine politischen Ziele im Auge? Sie wollen nicht die Welt beherrschen?«

Er streckte abwehrend beide Hände aus.

»Ich hege nicht den Wunsch, den Herrgott zu spielen«, sagte er, »ich bin ein frommer Mensch. Ich leide nicht an dem bekannten Diktatorenwahnsinn. Vorläufig jedenfalls bin ich noch frei davon.« Er überlegte einen Augenblick und fuhr dann fort:

»Es kann ja so weit kommen. Gewiß, es kann auch noch kommen ... Bis jetzt spüre ich, Gott sei Dank, noch keine Anzeichen.«

»Aber wie machen Sie es, daß diese ›Gehirne‹ alle zu Ihnen kommen?«

»Ich kaufe sie, Madame; auf dem freien Markt, wie eine andere Ware auch. Zuweilen kaufe ich sie mit Geld. Aber viel öfter noch kaufe ich sie mit Vorspiegelungen. Junge Leute sind Träumer. Sie haben Ideale. Sie haben ihre Überzeugungen. Manchmal kaufe ich sie auch dadurch, daß ich ihnen Sicherheit gewähre – denjenigen nämlich, die drüben in der anderen Welt das Gesetz übertreten haben.«

»Das erklärt alles«, sagte Sylvia, »ich meine, es erklärt alles, was ich auf der Reise hierher so unerklärlich fand.«

»Ah, Madame, haben Sie da wirklich etwas Merkwürdiges entdeckt?«

»Ja. Die Verschiedenheit der Anschauungen. Der Amerikaner Peters schien dem Kommunismus verfallen. Aber Ericsson war ein begeisterter Anhänger der Übermenschentheorie. Und Helga Needheim war eine anmaßende und unbelehrbare Faschistin. Dr. Barron dagegen –«

»Ja, der kam wegen des Geldes«, warf Aristides ein, »Barron ist ein gebildeter Zyniker. Er hat keine Illusionen, aber er ist in seiner Arbeit mit Leidenschaft verhaftet. Er sehnte sich nach unbeschränkten Mitteln, um seine Forschungsarbeit weiterführen zu können.« Und unvermittelt fügte er hinzu:

»Sie sind klug, Madame. Ich sah das schon in Fes.« Er kicherte. »Sie haben es nicht gewußt, Madame, aber ich kam einzig und allein nach Fes, um Sie zu beobachten – oder vielmehr, ich hatte Sie nach Fes bringen lassen, um Sie beobachten zu können.«

»Ich verstehe«, sagte Sylvia trocken.

»Ich freute mich bei dem Gedanken, daß Sie hierherkommen würden. Denn hier gibt es kaum Leute, mit denen man eine gute Unterhaltung führen kann.« Er machte eine geringschätzige Handbewegung: »Diese Gelehrten, diese Biologen, diese Labormenschen, die sind nicht interessant. Sie leisten wohl schöpferische Arbeit, aber man kann kein vernünftiges Gespräch mit ihnen führen.« Und gedankenvoll fügte er hinzu: »Ihre Ehefrauen sind in der Regel auch ziemlich langweilig. Überhaupt sehen wir diese Frauen hier nicht gerne. Ich gestatte ihre Anwesenheit auch nur aus einem einzigen Grund.«

»Und der wäre?«

Aristides antwortete trocken: »Es kommt hier und da vor, daß ein Gelehrter sich seiner Arbeit nicht uneingeschränkt widmen kann, weil er zuviel an seine Frau denkt. Das schien bei Ihrem Gatten Thomas Betterton der Fall zu sein. Betterton galt in der Gelehrtenwelt als genialer Wissenschaftler, aber seitdem er hier ist, hat er nur mittelmäßige, zweitklassige Arbeit geleistet. Ja, von Betterton bin ich enttäuscht.«

»Aber machen Sie diese Erfahrung nicht immer wieder? Die Menschen sind hier doch praktisch eingesperrt. Sie lehnen sich innerlich dagegen auf. Zu Anfang jedenfalls!«

»Gewiß«, gab Monsieur Aristides zu, »das ist natürlich und unvermeidlich. Es ist die Geschichte vom Vogel im Käfig. Aber wenn der Vogel eine genügend große Voliere bekommt und darin alles findet, was er braucht, einen Gefährten, Körner, Wasser, Astwerk, jede äußere Bequemlichkeit, dann vergißt er schließlich, daß er jemals in Freiheit gelebt hat.«

Sylvia schauderte zusammen. »Ich habe Angst vor Ihnen«, sagte sie, »wirklich und wahrhaftig.«

»Mit der Zeit werden Sie schon noch alles begreifen, Madame. Diese Männer hier mit all ihren verschiedenen Anschauungen und Zielen, die enttäuscht sind und voller Auflehnung, sie werden sich schließlich doch fügen.«

»Seien Sie Ihrer Sache nicht so sicher«, bemerkte Sylvia.

»Auf dieser Erde ist nichts gewiß. Das muß ich zugeben. Aber immerhin dürfen wir mit fünfundneunzig Prozent Sicherheit rechnen.«

Sylvia musterte ihn mit Abneigung.

»Es ist schrecklich«, sagte sie, »wie man sonst eine Kultur von Bazillen anlegt, so legen Sie hier eine Kultur von Gehirnzellen an.«

»Genau das. Sie haben den richtigen Ausdruck dafür gefunden.«

»Und Sie glauben, daß diese Gehirnzellenkultur Ihnen eines Tages großen Gewinn bringen wird?«

»So ist es, Madame.«

»Aber Sie können Gelehrte nicht anstellen, wie Sie eine Stenotypistin anstellen können.«

»Warum denn nicht?«

»Die Wissenschaftler könnten es ablehnen, sich von Ihnen irgendwohin verkaufen zu lassen.«

»Das ist nur zum Teil richtig. Ich könnte seine Anpassung garantieren.«

»Seine Anpassung – was soll das heißen?«

»Haben Sie noch nie etwas von Leukotomie gehört, Madame?«

Sylvia runzelte die Stirn. »Ist das nicht eine Gehirnoperation?«

»Ganz richtig. Ursprünglich wurde sie gegen Schwermut angewandt. Ich will es Ihnen in einfachen Worten erklären, Madame, denn mit den wissenschaftlichen Ausdrükken können Sie und ich nichts anfangen. Nach dieser

Operation hegt der Patient nicht mehr den Wunsch, sich das Leben zu nehmen, auch besitzt er keinerlei Schuldbewußtsein und Freiheitsdrang mehr. Er ist sorglos, gewissenlos und in den meisten Fällen fügsam.«

»Aber diese Operation ist wohl nicht hundertprozentig erfolgreich?«

»Früher war das nicht der Fall. Aber hier sind wir auf diesem Gebiet sehr viel weiter gekommen. Ich habe drei Chirurgen, einen Russen, einen Franzosen und einen Österreicher. Durch verschiedene Verpflanzungen und sonstige geschickte Manipulationen an den Gehirnzellen kann man den Patienten gefügig machen, ohne daß seine sonstigen Leistungen dadurch beeinträchtigt werden. Man kann es schließlich so weit bringen, daß ein menschliches Wesen im vollen Besitz seiner Verstandeskräfte bleibt, während man im übrigen unbedingten Gehorsam von ihm fordern kann. Er wird alles tun, was man von ihm verlangt.«

»Aber das ist ja fürchterlich!« rief Sylvia.

»Es ist zweckmäßig«, verbesserte er sie in ernstem Ton. »In gewisser Hinsicht ist es sogar eine Wohltat. Denn ein solcher Mensch fühlt sich glücklich und zufrieden und wird von keinerlei Ängsten und Sorgen mehr geplagt.«

»Und ich glaube doch nicht daran«, sagte Sylvia herausfordernd.

»Verzeihen Sie, *chère Madame*, wenn ich Sie in dieser Sache nicht für kompetent halte.«

»Was ich glaube, ist folgendes«, erklärte Sylvia. »Ich glaube nicht, daß ein ruhiggestelltes, gehorsames Tier schöpferische Arbeit leisten kann.«

Aristides hob die Schultern.

»Vielleicht. Sie sind sehr klug, aber Sie werden sehen. Die Zeit wird es lehren, denn die Versuche werden ständig fortgesetzt.«

»Die Versuche! Sie meinen Experimente an menschlichen Wesen?«

»Aber natürlich. Es ist die einzige erfolgreiche Methode.«

»Aber an welcher Art von menschlichen Wesen werden diese Experimente ausgeführt?«

»Es handelt sich um diejenigen, die sich an das Leben hier nicht gewöhnen und nicht tätig mitarbeiten wollen. Sie sind ideale Versuchsobjekte.«

Sylvia vergrub ihre Hand in die Kissen des Diwans. Sie fühlte Abscheu vor diesem blaßgelben, lächelnden Männchen mit seinen unmenschlichen Plänen. Dazu klang alles, was er sagte, so vernünftig, so logisch und so geschäftstüchtig, daß es dadurch noch schrecklicher wirkte. Hier saß sie keinem Wahnsinnigen gegenüber, hier war ein Mensch, der seine Mitmenschen lediglich als Rohmaterial zu Versuchszwecken betrachtete.

»Glauben Sie eigentlich an Gott?« fragte sie schließlich. Er schien schockiert. »Selbstverständlich glaube ich an Gott. Ich habe Ihnen doch schon gesagt, daß ich ein frommer Mann bin. Gott hat mich mit großen Machtmitteln ausgestattet: mit Geld und mit guten Ideen, es optimal anzulegen.«

»Lesen Sie in der Bibel?« fragte Sylvia.

»Gewiß, Madame.«

»Erinnern Sie sich, was Moses und Aaron zum Pharao sagten? ›Laß mein Volk ziehen!‹«

Er lächelte. »So, und ich soll Pharao spielen? Und Sie sind Moses und Aaron in einer Person? Das wollen Sie doch sagen, Madame? Daß ich die Leute hier alle gehenlassen soll – alle – oder vielleicht nur einen, wie?«

»Ich würde lieber sagen – alle!«

»Aber Sie wissen ja selbst, Madame, daß ein solches Ansinnen Zeitverschwendung wäre. Wollen Sie statt dessen nicht lieber nur für Ihren Mann bitten?«

»Er ist jedenfalls nicht von großem Nutzen für Sie«, sagte Sylvia, »das ist Ihnen klargeworden.«

»Sie haben recht, Madame. Ja, ich bin sehr enttäuscht von Thomas Betterton. Ich hoffte, daß Ihre Anwesenheit seine Fähigkeiten neu beleben würde, denn er hat zweifellos große Fähigkeiten. Dafür bürgt schon der Ruf, den er in Amerika hat. Aber Ihre Ankunft hat wenig oder gar keine

Wirkung gehabt. Ich spreche natürlich nicht aus eigener Erfahrung, sondern ich halte mich an die Berichte derjenigen, die Bescheid wissen. Das sind seine Kollegen, die mit ihm zusammenarbeiten.« Er zuckte die Achseln. »Seine Arbeiten sind gewissenhaft, aber mittelmäßig. Mehr nicht.«

»Es gibt Vögel, die in der Gefangenschaft nicht singen«, sagte Sylvia, »So gibt es vielleicht auch Wissenschaftler, die unter gewissen Bedingungen keine schöpferische Arbeit leisten können. Sie müssen zugeben, daß so etwas möglich ist.«

»Das mag sein. Ich leugne es nicht.«

»Dann setzen Sie Thomas Betterton auf Ihre Verlustliste, und lassen Sie ihn in seine frühere Welt zurückkehren.«

»Das wird sich kaum machen lassen, Madame. Ich möchte vorläufig nicht, daß man das, was sich hier tut, in die Welt hinausposaunt. Die Konkurrenz schläft nicht.«

»Sie können ihm einen Eid abnehmen, daß er schweigen wird. Er würde niemals auch nur ein Wort verraten.«

»Schwören würde er – gewiß. Aber er würde sein Wort nicht halten.«

»Sicher würde er es halten – ganz sicher!«

»So spricht eine Frau, und Frauen kann man in diesem Punkt nicht trauen. Jedoch«, und damit lehnte er sich in seinen Diwan zurück und legte die Fingerspitzen aneinander, »wenn er eine Geisel hier zurücklassen müßte, das würde seine Zunge vielleicht binden.«

»Was meinen Sie damit?«

»Ich meine *Sie* damit, Madame... Wenn Thomas Betterton ginge und Sie als Geisel zurückblieben, wie würde Ihnen das gefallen? Würden Sie damit einverstanden sein?«

Vor Sylvia stiegen die Bilder der Vergangenheit auf. Monsieur Aristides konnte nicht erraten, woran sie dachte. Sie sah sich am Bett im Krankenhaus neben der sterbenden Frau. Sie hörte Jessops Instruktionen und dachte an ihre mühsame Kleinarbeit, aus Sylvia Craven

129

eine Olivia Betterton zu schaffen. Wenn jetzt wirklich eine Aussicht bestand, daß Betterton frei wurde und sie dafür als Geisel zurückblieb, war das nicht die beste Gelegenheit, ihre Mission zu erfüllen? Denn sie wußte ja, daß sie nicht als Geisel im üblichen Sinn zurückbleiben würde. Sie bedeutete nichts für Thomas Betterton. Die Frau, die er geliebt hatte, war bereits tot. Sie hob den Kopf und sah zu dem alten Mann hinüber.

»Ich wäre damit einverstanden«, sagte sie.

Der alte Mann lächelte. »Sie haben Mut. Madame, Sie sind zuverlässig und treu. Das sind schöne Eigenschaften. Und im übrigen –«, er lächelte wieder, »nun, davon reden wir ein andermal.«

Plötzlich fuhr Sylvia auf und rief: »Nein, nein! Ich könnte es wohl doch nicht ertragen! Es ist alles so unmenschlich«

»Sie dürfen es nicht so schwernehmen, Madame«, sagte der alte Mann sanft, beinahe zärtlich, »es hat mir Freude gemacht, mit Ihnen von meinen Wünschen und Plänen sprechen zu können. Es war für mich von Interesse zu erfahren, wie diese auf einen ganz unvorbereiteten Geist wirken – auf eine Seele wie die Ihrige, die Seele einer ausgeglichenen, gesunden und klugen Frau. Sie sind erschreckt. Sie fühlen sich abgestoßen. Aber es wird sich alles noch geben. Zuerst verurteilen Sie alles, dann werden Sie darüber nachdenken, immer wieder und wieder, und am Ende wird es Ihnen ganz natürlich erscheinen; als ob es die vernünftigste Sache von der Welt wäre.«

»Nie! Niemals!« rief Sylvia verzweifelt.

»Aha!« sagte Monsieur Aristides. »Aus Ihnen spricht Leidenschaft und Auflehnung, das Göttergeschenk, das die Natur den rothaarigen Frauen verliehen hat. Meine zweite Frau«, fuhr er nachdenklich fort, »hatte auch rotes Haar. Sie war eine Schönheit, und sie liebte mich abgöttisch. Ist das nicht merkwürdig? Ich habe von jeher die rothaarigen Frauen bewundert. Sie haben herrliches Haar, Madame. Und Sie haben noch andere Vorzüge. Sie besitzen Geist und Mut und eine eigene Meinung.« Er seufzte. »Ach, heutezutage interessieren mich die Frauen nur noch wenig. Ich habe hier ein paar junge Mädchen zur Unterhaltung, aber ich vermisse die geistige Gemeinschaft. Glauben Sie mir, Madame, Ihre Gegenwart hat direkt belebend auf mich gewirkt.«

»Wenn ich nun all das, was Sie soeben gesagt haben, meinem Mann berichte?«

Aristides lächelte nachsichtig.

»*Wenn* Sie es täten? Aber wollen Sie es wirklich?«

»Ich weiß nicht – ich weiß es wirklich nicht.«

»Oh, Sie sind klug und weise«, sagte Monsieur Aristides, »eine Frau muß manches zu verschweigen wissen. Aber Sie sind jetzt müde und verwirrt. Wenn ich, wie es von Zeit zu Zeit geschieht, zu einem Besuch hierherkomme, werde ich Sie rufen lassen, und wir werden uns dann über viele Dinge unterhalten.«

»Ach, lassen Sie mich fort« – und Sylvia streckte ihre Hände flehend nach ihm aus, »lassen Sie mich bitte fort. Nehmen Sie mich mit. Bitte, bitte!«

Er schüttelte sanft den Kopf. Er sah nachsichtig, aber auch ein klein wenig verächtlich aus.

»Nun sprechen Sie auf einmal wie ein kleines Kind«, sagte er vorwurfsvoll, »wie könnte ich Sie gehenlassen? Wie könnte ich verantworten, daß Sie Ihren Mann im Stich lassen und draußen meine Geschäftsgeheimnisse ausplaudern?«

»Würden Sie mir denn wirklich nicht glauben, wenn ich einen Eid ablegte, daß ich zu niemandem ein Wort sagen würde?«

»Nein, das würde ich Ihnen wirklich nicht glauben«, erwiderte Monsieur Aristides, »das wäre sehr töricht von mir.«

»Ich will aber nicht hierbleiben in diesem Kerker. Ich möchte weg.«

»Sie haben doch Ihren Mann hier. Sie kamen doch seinetwillen aus freien Stücken hierher.«

»Aber ich wußte nicht, wie es hier sein würde.«

»Gewiß«, entgegnete Monsieur Aristides, »Sie hatten

keine Ahnung. Aber ich möchte Ihnen sagen, daß diese merkwürdige Welt hier, die Sie betreten haben, eine sehr viel angenehmere Welt ist als das Leben hinter dem Eisernen Vorhang. Hier wird Ihnen alles geboten, was Sie brauchen. Luxus, ein herrliches Klima, Zerstreuungen aller Art...«

Er stand auf und klopfte ihr sanft auf die Schulter.

»Sie werden sich einleben«, sagte er zuversichtlich, »ja, der kleine Vogel mit dem roten Köpfchen wird sich eingewöhnen. In einem, spätestens in zwei Jahren werden Sie sehr glücklich sein. Wenn auch«, setzte er nachdenklich hinzu, »vielleicht weniger interessant.«

19

In der folgenden Nacht wachte Sylvia plötzlich auf. Sie stützte sich auf ihren Ellbogen und fragte: »Tom, hörst du nichts?«

»Doch. Es sind niedrigfliegende Flugzeuge. Das bedeutet nichts. Sie kommen immer von Zeit zu Zeit.«

»Ich wüßte gern –«, aber mitten im Satz brach sie ab und dachte über ihr Gespräch mit Aristides nach. Offenbar hatte der Alte eine Schwäche für sie. Vielleicht konnte sie das ausnützen. Vielleicht konnte sie ihn doch einmal überreden, sie mit nach draußen zu nehmen. Wenn er das nächste Mal kam, wollte sie mit ihm über seine verstorbene rothaarige Frau reden. Es waren ja keine erotischen Beweggründe, die ihn leiteten. Die Leidenschaft spielte keine Rolle mehr bei ihm. Außerdem standen ihm ja seine »jungen Mädchen« zur Verfügung. Aber alte Leute schwelgen gern in Erinnerungen... Was hatte sie einmal zu Tom gesagt: ›Ich werde einen Weg finden, der uns hier herausführt.‹

Wie sonderbar, sich vorzustellen, daß dieser Fluchtweg vielleicht über Aristides gehen würde...

»Eine Nachricht«, sagte Leblanc, »endlich wieder eine Nachricht.«

Soeben war sein Diener eingetreten und hatte ihm ein zusammengefaltetes Papier übergeben. Er entfaltete es und sagte aufgeregt:

»Da ist ein Bericht von einem unserer Suchpiloten. Er hat ein abgelegenes Territorium des Hohen Atlas abgesucht. Als er über eine bergige Gegend flog, entdeckte er ein Lichtsignal. Es handelte sich um Morsezeichen, die zweimal wiederholt wurden. Hier die Niederschrift.«

Er legte die Botschaft vor Jessop hin. Da stand:

COGLEPROSESL

Die beiden letzten Buchstaben trennte er mit einem Bleistift von den andern.

»SL – das ist unser Code für ›keine Bestätigung‹.«

»Und COG, der Anfang der Botschaft«, sagte Jessop, »ist *unser* Erkennungszeichen.«

»Dann ist der mittlere Teil die wirkliche Nachricht.« Er unterstrich ihn. »Sie lautet: LEPROSE.« Er betrachtete sie voller Zweifel.

»Leprose?« sagte Jessop. »Was ist damit gemeint? Gibt es da eine Leprakolonie?«

Leblanc breitete eine große Landkarte aus.

»Hier«, sagte er und bezeichnete mit seinem nikotingelben Zeigefinger eine Stelle, »das ist das Gebiet, das unser Pilot überflogen hat. Ich werde einmal nachsehen.«

Er ging hinaus und kam gleich darauf zurück.

»Ich hab's«, sagte er, »es befindet sich dort eine berühmte ärztliche Forschungsstation, die von bekannten Menschenfreunden gegründet wurde und erhalten wird – in einer sehr abgeschiedenen Gegend übrigens. Es befinden sich etwa zweihundert Aussätzige in der Kolonie. Ferner hat man auch eine Station für Krebsforschung und ein Sanatorium für Lungenkranke errichtet. Alles ganz erstklassig. Der Präsident der Republik hat persönlich das Protektorat übernommen.«

»Eine sehr schöne Sache also«, sagte Jessop anerkennend.

»Und man kann sich jederzeit darüber orientieren. Es kommen oft Ärzte dorthin, die sich für solche Anlagen interessieren.«

»Und die nur das sehen, was sie sehen *sollen*. Warum auch nicht? Zweifelhafte Geschäfte kann man unter dem Anschein großer Menschenfreundlichkeit am besten verhüllen.«

»Mag sein«, sagte Leblanc in ungewissem Ton. »Nehmen wir an, daß es für manche Leute einen kurzen Aufenthalt von einem Tag bedeutet. Eine kleine Gruppe von Menschen, wie zum Beispiel die, deren Spur wir verfolgen, kann ganz gut ein paar Wochen dort beinahe wie verschollen zubringen, ehe sie ihre Reise fortsetzen.«

»Es könnte aber doch mehr dahinterstecken«, entgegnete Jessop. »Vielleicht ist es das Ende der Reise überhaupt.«

»Sehen Sie schon wieder Gespenster?«

»Eine Leprakolonie scheint mir jedenfalls verdächtig... Bei dem heutigen Stand der Wissenschaft werden Aussätzige zu Hause behandelt.«

»Vielleicht in zivilisierten Ländern. Aber hier nicht.«

»Nein. Aber man hat bei dem Wort ›Aussatz‹ immer das Bild der Aussätzigen des Mittelalters vor Augen, die sich mit einer Schelle bemerkbar machen mußten, wenn jemand in ihre Nähe kam. Aus gewöhnlicher Neugier kommen die Leute nicht in eine Leprakolonie; diejenigen, die dorthin kommen, sind sicherlich Mediziner. Sie haben ein wissenschaftliches Interesse daran, oder aber es sind Menschenfreunde, welche die Lebensbedingungen der Aussätzigen studieren wollen – und das ist ohne Zweifel bewundernswert. Aber hinter der Maske der Barmherzigkeit und Menschenfreundlichkeit kann allerhand stecken. Wem gehört die Niederlassung eigentlich? Wer sind die Menschenfreunde, die sie gründeten und die sie erhalten?«

»Das ist leicht festzustellen. Einen Augenblick, bitte.«

Leblanc kam schnell zurück mit einem amtlichen Verzeichnis in der Hand.

»Sie wurde mit privaten Mitteln gegründet von einer Gruppe, deren Haupt ein gewisser Aristides ist. Er besitzt sagenhafte Reichtümer und gibt sehr viel für wohltätige Zwecke aus. Er hat sowohl in Paris als auch in Sevilla Krankenhäuser gegründet, alles aus eigener Initiative. Die übrigen Wohltäter sind seine Teilhaber.«

»So, das ist also eine Gründung von Aristides. Und Aristides war in Fes, als sich Olivia Betterton dort befand.«

Leblanc erfaßte mit Blitzesschnelle die Lage. »Aristides, natürlich. Aber das ist ja großartig!«

»Das ist es in der Tat, Leblanc.«

»Aber begreifen Sie auch, wie ungeheuerlich es ist?« Leblanc fuchtelte mit seinem Zeigefinger aufgeregt vor Jessops Nase hin und her. »Dieser Aristides hat seine Hand in jeder Unternehmung. Er steckt fast hinter jedem großen Geschäft. Hinter den Großbanken, der Regierung, dem Waffenhandel, den Eisenbahnlinien! Man sieht ihn nie, man hört kaum etwas von ihm. Er sitzt in seinem Schloß in Spanien, er raucht ständig, und zuweilen kritzelt er ein paar Worte auf ein Fetzchen Papier und läßt es auf den Boden flattern; ein Sekretär bückt sich danach und hebt es auf, und wenige Tage später schießt sich ein großer Pariser Finanzmann eine Kugel durch den Kopf. So ist das!«

»Wie dramatisch Sie das darzustellen wissen, Leblanc. Aber es ist gar nicht so erstaunlich. Die großen Staatsmänner und die großen Bankiers sitzen hinter ihren gewichtigen Schreibtischen und erlassen scheinbar wichtige Verfügungen. Aber das ist alles nur Trug und Schein. Denn hinter ihnen steht ein unauffälliger kleiner Mann, der die wirkliche Macht in seinen Händen hält und dessen Marionetten sie sind. Es ist eigentlich gar nicht überraschend, daß Aristides hinter dieser merkwürdigen, geheimnisvollen Angelegenheit steht – und wenn wir gescheiter gewesen wären, so hätten wir es längst

135

herausgefunden. Das Ganze ist bestimmt eine enorme
Finanzspekulation. Mit Politik hat es nichts zu schaffen.
Nun fragt es sich aber, was wir unternehmen sollen«,
schloß er.
Leblancs Gesicht verfinsterte sich.
»Das ist keine leichte Aufgabe. Wenn wir unrecht hätten – die Folgen wären nicht abzusehen. Und selbst
wenn wir recht haben, müssen wir es unwiderleglich
beweisen. Und wenn wir Nachforschungen anstellen,
so können diese abgeblasen werden – von höchster
Stelle aus, verstehen Sie? Tja, es ist eine verdammt
schwierige Sache... Aber«, er hob wieder seinen Zeigefinger in die Höhe – »frisch gewagt ist halb gewonnen.«

20

Die Autos quälten sich die steile Gebirgsstraße hinauf
und hielten vor dem in den felsigen Grund eingelasse-
nen Gitter. Es waren vier Wagen. Im ersten saßen ein
französischer Minister und der amerikanische Botschafter, im zweiten der britische Konsul, ein Parlaments-
mitglied und der Polizeipräsident. Im dritten Wagen
befanden sich zwei Mitglieder einer staatlichen Kom-
mission und zwei bekannte Journalisten. Jede dieser
wichtigen Persönlichkeiten hatte die übliche Begleitung
mitgenommen. Im vierten Wagen saßen ein paar Leute,
von denen die Öffentlichkeit sehr wenig wußte, die
aber in ihrem eigenen Metier sehr bekannt waren: Captain Leblanc und Mr. Jessop.
Die tadellos gekleideten Fahrer öffneten die Wagentü-
ren und verneigten sich tief, als die Herren aus-
stiegen.
»Hoffentlich besteht hier keine Möglichkeit der Anstek-
kung!« sagte der Minister besorgt. Einer seiner Begleiter erwiderte beruhigend:

136

»Nicht im mindesten, Herr Minister. Es sind alle Vorsichtsmaßnahmen getroffen. Man sieht sich alles nur aus sicherer Entfernung an.«

Der Minister, ein schon älterer und ängstlicher Mann, atmete sichtlich erleichtert auf. Der Botschafter machte ebenfalls eine beruhigende Bemerkung hinsichtlich der fortgeschrittenen Behandlung der Aussätzigen.

Die großen Torflügel schwangen auf. Auf der Schwelle stand eine kleine Gruppe von Menschen, um die Ankommenden zu begrüßen: der dunkle, untersetzte Direktor, der stellvertretende Direktor, stattlich und blühend, zwei medizinische Kapazitäten und ein bedeutender Chemiker. Es erfolgte eine lebhafte und umständliche Begrüßung in französischer Sprache.

»Und wo ist unser lieber Aristides?« fragte der Minister. »Ich hoffe, daß er nicht durch eine Indisposition abgehalten wurde zu kommen, wie er uns versprochen hat.«

»Monsieur Aristides ist gestern aus Spanien angekommen und erwartet Sie im Innern des Hauses«, sagte der stellvertretende Direktor. »Gestatten Sie mir, Exzellenz, Ihnen den Weg zu zeigen.«

Die Gesellschaft folgte ihm. Der Minister, immer noch leicht besorgt, spähte durch die schweren Gitter zur Rechten, wo die Aussätzigen, in Reihen geordnet, möglichst weit weg standen. Er schien erleichtert. Seine Vorstellungen vom Aussatz waren noch durchaus mittelalterlich.

In der luxuriös möblierten Empfangshalle erwartete Monsieur Aristides seine Gäste. Es fanden die üblichen Vorstellungen und Verbeugungen statt. Alsdann wurden durch die dunkelhäutige, weißgekleidete Dienerschaft Aperitifs herumgereicht.

»Das ist ja eine großzügige Anlage hier«, bemerkte einer der jüngeren Journalisten, zu Aristides gewandt.

»Ich bin allerdings stolz auf diese Kolonie«, sagte der Angeredete. »Ich möchte sie sozusagen als meinen Schwanengesang bezeichnen, mein letztes Geschenk an die Menschheit. Es wurde bei ihrer Einrichtung an nichts gespart.«

»Das kann man wohl sagen«, stimmte einer der Ärzte mit Begeisterung zu, »diese Forschungsanstalt bedeutet für den Wissenschaftler einen zur Wirklichkeit gewordenen Traum. In den Staaten haben wir auch ganz schöne Institute, aber im Vergleich zu dem, was ich hier kennengelernt habe, ist es nichts ... Und erst die Ergebnisse, die wir erzielen!«

Sein Enthusiasmus wirkte ansteckend.

»Wir müssen alle den Erfolg dieser selbstlosen privaten Initiative anerkennen«, sagte der Gesandte und verbeugte sich vor Aristides. Bescheiden erwiderte dieser: »Gott hat mein Werk gesegnet.«

In seinem Sessel zusammengesunken wirkte er wie ein gelber Zwerg. Der Abgeordnete flüsterte dem Kommissionsmitglied, einem alten, halbtauben Mann, ins Ohr, daß das alles sehr widerspruchsvoll klinge. »Dieser alte Schurke hat wahrscheinlich Millionen von Menschen auf dem Gewissen. Und dadurch hat er so viel Geld verdient, daß er nicht mehr weiß, was er damit anfangen soll. Deshalb macht er jetzt in Philanthropie. Mit der einen Hand hat er's gestohlen, mit der anderen gibt er's zurück.«

Der Greis antwortete leise: »Ich möchte wissen, was das für außerordentliche Ergebnisse sind, die so hohe Ausgaben rechtfertigen. Die meisten großen Entdeckungen, die der Menschheit Nutzen gebracht haben, kamen mit ganz bescheidenen Mitteln zustande.«

»Und nun«, sagte Aristides, nachdem genug Höflichkeitsphrasen gewechselt und die Aperitifs getrunken worden waren, »nun werden Sie mir die Ehre erweisen, eine einfache Mahlzeit mit uns einzunehmen. Dr. van Heidem wird Ihr Gastgeber sein. Ich muß leider diät leben und darf nur wenig essen. Nach der Mahlzeit kann dann die Führung stattfinden.«

Geleitet von dem liebenswürdigen Dr. van Heidem begaben sich die Gäste sehr angenehm berührt in den

Speisesaal. Sie hatten eine mehrstündige Flugreise und eine einstündige Autofahrt hinter sich. So waren sie alle müde und hungrig. Das Essen war ausgezeichnet und erregte das besondere Wohlgefallen des Ministers.

»Wir haben hier unseren bescheidenen Luxus«, sagte van Heidem. »Zweimal wöchentlich werden uns mit dem Flugzeug frisches Obst und frisches Gemüse gebracht. Auch mit Fleisch, das durch Tiefkühlung frisch gehalten wird, sind wir wohlversorgt... Der wissenschaftlich Arbeitende braucht kräftige Nahrung für seine Gehirnzellen.«

Zum Menü waren hervorragende Weinsorten kredenzt worden. und zuletzt wurde Mokka in kostbaren chinesischen Porzellantäßchen serviert. Dann erfolgte die Führung durch die Niederlassung. Sie nahm zwei Stunden in Anspruch und schien sehr umfassend zu sein. Der Minister atmete auf, als sie zu Ende war. Er fühlte sich vollkommen erschlagen und betäubt von den in peinlicher Sauberkeit glänzenden Laboratorien, von den endlosen, weißleuchtenden Gängen, und noch mehr durch die Unmenge wissenschaftlicher Details, in die er eingeweiht wurde. Aber nicht alle zeigten sich so uninteressiert wie der Minister. Einige Gäste waren besonders erpicht, auch die Wohnungen der Angestellten zu sehen. Dr. van Heidem erwies sich als ein unermüdlicher Cicerone und konnte die Einrichtungen gar nicht genug loben.

Leblanc und Jessop, der erstere in Begleitung des Ministers und der andere beim britischen Konsul, hielten sich ein wenig hinter den andern, als die Gesellschaft in die Halle zurückkehrte. Jessop zog eine altmodische Uhr, die ziemlich laut tickte, aus der Tasche und sah nach der Zeit.

»Keine Spur, nichts!« murmelte Leblanc aufgeregt.

»Nein, keinerlei Anzeichen.«

»*Mon cher*, wenn wir, wie man bei euch sagt, auf das falsche Pferd gesetzt haben, wäre das eine Katastrophe! Wenn ich denke, welche Mühe es gekostet hat, alle diese Größen zusammenzutrommeln! Was mich betrifft, so wäre meine Karriere futsch.«

139

»Ich gebe mich noch nicht geschlagen«, sagte Jessop, »unsere Freunde *müssen* hier sein.«

»Aber wir haben nicht die geringste Spur von ihnen feststellen können.«

»Für solche hohen Besuche wird eben alles äußerst sorgfältig vorbereitet.«

»Aber wo sollen wir dann einen Beweis herkriegen? Ohne Beweis können wir nichts durchsetzen. Sie sind sowieso alle mißtrauisch, alle, der Minister, der amerikanische Botschafter, der britische Konsul – sie alle sagen, daß ein Mann wie Aristides über jeden Verdacht erhaben sei.«

»Nur Ruhe, Leblanc, nur kaltes Blut. Ich meine, wir sind noch nicht geschlagen.«

Leblanc zuckte die Achseln.

»Sie sind unverbesserlich optimistisch, mein Freund«, sagte er. »Woher nehmen Sie nur diese Sicherheit?«

»Ich baue auf Hilfsmittel der Wissenschaft, auf den neuesten Geigerzähler zum Beispiel, den ich in der Tasche habe.«

»Ich bin kein Gelehrter, Jessop.«

»Ich ebensowenig wie Sie, aber dieses sehr empfindliche Instrument zeigt mir an, daß unsere Freunde hier sind. Dieses Gebäude ist mit voller Absicht auf labyrinthische Art angelegt. Alle diese Zimmer und Korridore ähneln sich so sehr, daß es außerordentlich schwer ist, sich darin zurechtzufinden. Einen Teil davon haben wir bestimmt noch nicht gesehen. Man hat uns zweifellos nicht alles gezeigt.«

»Und Sie folgern das aus einer radioaktiven Anzeige?«

»So ist's.«

»Sollte es sich wieder um die Perlen von Madame handeln?«

»Ja. Wir spielen immer noch Hänsel und Gretel, die mit den kleinen Steinchen wieder den Weg nach Hause fanden. Aber die Zeichen, die man uns hier hinterlassen hat, sind nicht so sichtbar und liegen nicht so auf der Hand, wie es mit den Kügelchen einer Perlenkette der Fall ist oder mit einem phosphorgetränkten Handschuh. Man kann sie nicht sehen, aber man kann sie fühlen ... mittels unseres Wunderdetektors.«

»Mein Gott, Jessop, ist denn das ausreichend?«

»Es wird schon genügen«, sagte Jessop. »Was ich aber befürchte –«, er brach ab. Leblanc ergänzte seine Gedanken. »Sie meinen, daß diese Leute Ihnen nicht glauben werden. Von Anfang an hatten sie keine rechte Neigung dazu. O ja, widersprechen Sie nicht. Sogar Ihr britischer Konsul ist ein argloser Mann. Ihre Regierung steht bei Aristides in der Kreide. Und was meine Regierung betrifft« – er hob die Schultern –, »der Herr Minister, das weiß ich, wird sich nur sehr schwer überzeugen lassen.«

»Wir können uns nicht auf Regierungen verlassen«, sagte Jessop, »Regierungen und Diplomaten sind die Hände gebunden. Aber wir mußten sie hierherbringen, denn im Unterschied zu uns beiden sind sie Autoritäten. Ich setze meine letzte Hoffnung jedoch noch auf etwas anderes.«

»Und worauf?«

Jessops feierliche Miene entspannte sich, und er grinste.

»Auf die Presse«, sagte er, »die Journalisten haben eine gute Witterung für interessante Neuigkeiten. Sie wollen nicht, daß man solche Dinge vertuscht. Ferner setze ich meine Hoffnung noch auf den alten, halbtauben Mann.«

»Aha, ich weiß, wer damit gemeint ist. Der, der aussieht, als ob er dem Grabe zuwanke.«

»Ja, er ist schwach, halb blind und hört nicht mehr richtig. Aber er ist unbestechlich. Er war einst ein hoher Justizbeamter, und obgleich er sich kaum mehr auf den Füßen halten kann, ist doch sein Geist genauso lebendig wie früher – solche Menschen haben eine Nase dafür, wenn irgend etwas nicht astrein ist, und pflegen dann der Sache auf den Grund zu gehen. Er ist der Mann, der trotz seiner Schwerhörigkeit ein offenes Ohr für uns haben wird.«

Sie hatten inzwischen die Halle erreicht, wo Tee und

Aperitifs angeboten wurden. Der Minister beglückwünschte Aristides in wohlgesetzten Worten. Auch der
amerikanische Botschafter fügte das Seinige hinzu.
Dann sah sich der Minister im Kreise um und sagte in
etwas nervösem Ton:
»Und nun, meine Herren, ist die Stunde unseres Ab-
schieds gekommen. Wir haben alles gesehen«, er betonte
diese Worte mit besonderem Nachdruck, »alles hier ist
hervorragend. Eine ganz erstklassige Anlage! Wir sind
unserem verehrten Gastgeber sehr zu Dank verpflichtet
und beglückwünschen ihn zu seiner Schöpfung. Sind
Sie derselben Meinung?«
Diese Worte hatten konventionell genug geklungen.
Auch die Haltung des Ministers verriet nichts. Der Blick,
den er über die Versammlung schweifen ließ, drückte
nichts als die übliche Höflichkeit aus. In Wirklichkeit
sollten diese harmlosen Sätze aber folgendes besagen:
»Sie haben nun gesehen, meine Herren, daß hier nichts
vorliegt, was Anlaß zu Argwohn oder Furcht geben
könnte. Das ist eine große Erleichterung für uns, und wir
können uns nun mit gutem Gewissen verabschieden – vorausgesetzt, es sind keine Wünsche offenge-
blieben.«
Das nun folgende Schweigen wurde schließlich durch
eine Stimme unterbrochen. Es war die ruhige, ehrerbie-
tige Stimme von Mr. Jessop, der sich an den Minister
wandte.
»Wenn Sie gestatten, Sir, so möchte ich noch eine Bitte
an unseren liebenswürdigen Gastgeber richten.«
»Gewiß, gewiß, Mr. – eh –, Mr. Jessop, nicht wahr?«
Jessop wandte sich mit feierlicher Miene an Dr. van
Heidem, wobei er vermied, Monsieur Aristides anzusehen.
»Wir haben heute so viele Angehörige Ihrer Institutio-
nen kennengelernt«, sagte er, »verwirrend viele. Aber es
befindet sich noch ein alter Freund von mir hier, mit
dem ich gern ein Wort gewechselt hätte. Läßt sich das
vor der Abreise noch machen?«

»Ein Freund von Ihnen?« fragte van Heidem höflich. Er schien überrascht.

»Eigentlich zwei Freunde«, antwortete Jessop, »Thomas und Olivia Betterton. Ich weiß, daß Betterton bei Ihnen arbeitet. Thomas Betterton. Er war in Harwell, und vorher lebte er in Amerika. Ich würde sehr gern mit ihnen sprechen, bevor ich gehe.«

Dr. van Heidem wahrte seine Fassung in bewundernswerter Weise. Er riß die Augen auf in höflichem Erstaunen und runzelte verdutzt die Stirn.

»Betterton – Mrs. Betterton? Nein, es tut mir leid, aber hier befindet sich niemand dieses Namens.«

»Außerdem muß noch ein Amerikaner da sein«, fuhr Jessop unbeirrt fort, »ein Amerikaner namens Andrew Peters, Chemiker, soviel ich weiß. Habe ich nicht recht, Sir?« Mit diesen Worten wandte er sich ehrerbietig an den amerikanischen Botschafter.

Der Botschafter war ein kluger Mann in mittleren Jahren mit durchdringenden blauen Augen. Er hatte sowohl Charakter als auch diplomatisches Geschick. Er wechselte einen Blick mit Jessop, überlegte minutenlang und sagte dann:

»Das stimmt. Der bekannte Andrew Peters. Auch ich würde ihn gern sehen.«

Dr. van Heidem geriet sichtlich in Verwirrung. Jessop warf einen flüchtigen Blick auf Aristides. Aber das gelbe Gesicht verriet nicht das mindeste, weder Überraschung noch Unruhe. Er sah beinahe gleichgültig aus.

»Andrew Peters soll der Mann heißen?« fragte van Heidem. »Es tut mir leid, Exzellenz, da hat man Sie falsch unterrichtet. Hier haben wir keinen Andrew Peters. Der Name ist mir gänzlich unbekannt.«

»Aber der Name Thomas Betterton ist Ihnen doch bekannt?« fragte Jessop. Eine Sekunde lang zögerte van Heidem. Er wandte langsam den Kopf nach dem alten Mann in seinem Sessel, aber sofort hatte er sich wieder in der Gewalt.

»Thomas Betterton«, sagte er, »nun ja, ich habe von ihm

143

gehört.«

Einer der Journalisten griff den Namen begierig auf. »Thomas Betterton«, rief er, »der hat doch vor sechs Monaten wegen seines rätselhaften Verschwindens so viel von sich reden gemacht. Sämtliche europäische Zeitungen brachten Schlagzeilen über seinen Fall. Die Polizei hat ihn überall gesucht. Donnerwetter! Könnte es sein, daß er sich die ganze Zeit hier aufgehalten hat?«

»Nein«, sagte van Heidem in scharfem Ton, »da hat Ihnen offenbar jemand einen Bären aufgebunden. Sie haben heute alle Angehörigen unserer Gemeinschaft gesehen. Sie haben überhaupt alles kennengelernt.«

»Ich glaube nicht«, sagte Jessop gelassen. »Es muß noch ein junger Mann da sein, der Ericsson heißt, und ein gewisser Dr. Barron, möglicherweise auch eine Mrs. Calvin Baker.«

»Ah!« Dr. van Heidem schien ein Licht aufzugehen. »Das sind ja die Leute, die in Marokko durch ein Flugzeugunglück ums Leben kamen. Ich erinnere mich jetzt genau daran. Zum mindesten weiß ich sicher, daß Ericsson und Dr. Barron in dem Flugzeug waren. Frankreich hat einen großen Verlust dadurch erlitten. Dieser Dr. Barron ist schwer zu ersetzen.« Er schüttelte den Kopf. »Von einer Mrs. Calvin Baker weiß ich nichts, doch erinnere ich mich, daß eine Engländerin oder Amerikanerin sich ebenfalls in dem Flugzeug befand. Es war ein sehr beklagenswerter Unfall.«

Er wandte sich wieder an Jessop. »Ich weiß nicht, Monsieur, wie Sie auf die Idee kommen, daß diese Leute hier sein sollten. Es mag sein, daß Dr. Barron einmal erwähnte, unserer Niederlassung einen Besuch abstatten zu wollen, während er sich in Nordafrika aufhielt. Vielleicht ist dies der Grund des Mißverständnisses.«

»Wollen Sie damit sagen, daß ich falsch unterrichtet bin? Daß niemand von den Genannten hier ist?«

»Aber wie können sie denn hier sein, mein bester Herr, wenn sie alle bei dem Flugzeugabsturz umkamen? Man hat doch, glaube ich, die Leichen gefunden?«

144

»Die aufgefundenen Leichen waren vollständig verkohlt und konnten daher nicht identifiziert werden.« Diese Worte sprach Jessop mit großem Nachdruck. Hinter ihm ertönte plötzlich ein krächzendes Organ:

»Wollen Sie damit sagen, daß keine genaue Untersuchung des Unglücks stattgefunden hat?«

Lord Alverstoke beugte sich vor und hielt die Hand an seine Ohrmuschel. Unter überhängenden, buschigen Augenbrauen sah er Jessop durchdringend an.

»Zumindest nicht genau genug. Denn ich habe den Beweis, daß zumindest einige Flugzeuginsassen das Unglück überlebt haben, Mylord«, erklärte Jessop mit lauter, beinahe schneidender Stimme.

«Einen Beweis? Worin besteht dieser Beweis, Mr. – hm – Jessop.«

»Mrs. Betterton trug an dem Tag, als sie Fes verließ, um nach Marrakesch zu reisen, eine Kette aus Similiperlen. Eine dieser Perlen wurde eine halbe Meile von dem ausgebrannten Flugzeug gefunden.«

»Wie konnten Sie zweifelsfrei feststellen, daß die gefundene Perle tatsächlich zur Halskette dieser Dame gehörte?«

»Deshalb, weil alle Perlen dieser Halskette ein eingeritztes Zeichen tragen, das mit bloßem Auge nicht erkennbar ist, das man aber mit der Lupe ermitteln kann.«

»So, so. Und wie kamen Sie darauf?«

»Ich selbst, Lord Alverstoke, hatte die Zeichen in Gegenwart meines Kollegen Leblanc in die Perlen eingeritzt.«

»Und warum haben Sie diese Zeichen eingeritzt? Hatten Sie dafür einen bestimmten Grund?«

»Ja, Mylord. Ich hatte Grund, anzunehmen, daß Mrs. Betterton mich auf die Spur ihres Mannes führen würde, gegen den ein Haftbefehl vorliegt... Es kamen noch zwei weitere Perlen zum Vorschein. Beide auf dem langen Weg von der Unglücksstelle zu der Kolonie, in der wir uns jetzt befinden. Wir zogen entlang dieser Strecke Erkundigungen ein und erhielten Auskünfte über eine Gruppe von Menschen, bei denen es sich um die sechs Reisenden handeln muß, die angeblich mit dem Flugzeug verbrannt sind. Einer der Fluggäste war zudem mit einem phosphorgetränkten Handschuh versehen. Dieses Zeichen wurde an der Wand des Wagens entdeckt, der die Gruppe hierherbrachte.«

»Sehr bemerkenswert«, versetzte Lord Alverstoke in trockenem Amtston.

Aristides bewegte sich in seinem Sessel unruhig hin und her. Seine Augenlider zuckten verräterisch. Dann fragte er:

»Wo wurden die letzten Spuren von diesen Leuten entdeckt?«

»Auf einem verlassenen Flugfeld, Sir.« Jessop lieferte eine genaue Beschreibung der fraglichen Stelle.

»Das ist aber viele Meilen weit entfernt von hier«, gab Aristides zu bedenken, »immer vorausgesetzt, daß Ihre interessanten Theorien stimmen, nämlich, daß das Unglück vorgetäuscht war, dann müssen doch diese Passagiere logischerweise von dem verlassenen Flugplatz aus zu irgendeinem unbekannten Ziel aufgebrochen sein. Da dieser Flugplatz Hunderte von Meilen von hier entfernt ist, kann ich immer noch nicht verstehen, worauf sich Ihre Ansicht, daß sie hier sein müßten, gründet.«

»Dafür gibt es verschiedene Gründe, Sir. Einer unserer Suchpiloten hat ein Signal aufgefangen. Dieses Signal wurde Mr. Leblanc überbracht. Es war in Codeschrift abgefaßt und enthielt die Mitteilung, daß die fraglichen Personen in einer Leprakolonie seien.«

»Das ist bemerkenswert«, sagte Monsieur Aristides, »sehr bemerkenswert. Aber es scheint mir fast, daß jemand den Versuch gemacht hat, Sie irrezuführen. Die in Frage stehenden Personen sind tatsächlich nicht hier.« Er sprach in sehr sicherem Ton. »Im übrigen steht es Ihnen frei, die Niederlassung zu durchsuchen.«

»Ich bezweifle, daß wir etwas finden würden, Sir«, sagte Jessop, »das heißt, bei einer oberflächlichen Untersuchung. Obwohl«, fügte er hinzu, »mir die Stelle be-

146

kannt ist, von wo aus die eigentliche Untersuchung ihren Ausgang nehmen müßte.«

»Wirklich? Und wo sollte das sein?«

»Im vierten Gang vom zweiten Labor aus links am Ende des Ganges.«

Dr. van Heidem machte eine unwillkürliche Bewegung – zwei Gläser krachten auf den Boden.

Jessop sah ihn lächelnd an. »Nicht wahr, wir sind gut unterrichtet, Doktor!«

Scharf entgegnete van Heidem:

»Das ist widersinnig und albern. Absolut widersinnig. Sie tun so, als ob wir hier Menschen gegen ihren Willen festhielten. Ich stelle das nachdrücklich in Abrede.«

Der Minister bemerkte mit Unbehagen: »Hier Anschuldigungen – dort Beteuerungen. Was soll das?«

Doch Aristides erwiderte liebenswürdig: »Es war eine wirklich interessante Theorie. Aber nur eine Theorie.« Er sah dabei auf seine Uhr. »Verzeihen Sie, meine Herren, wenn ich an Ihre Abreise erinnere. Die Fahrt zum Flughafen dauert lang, und es gäbe Anlaß zu großer Besorgnis, wenn Ihr Flugzeug als überfällig gemeldet würde.«

Leblanc sowohl wie Jessop wußten, daß es nun drauf ankam. Aristides warf das ganze Gewicht seiner Persönlichkeit in die Waagschale. Er wagte es, diesen Männern seinen Willen aufzuzwingen. Falls sie Widerstand leisten wollten, mußten sie sich offen als Gegner erklären. Der Minister mußte den erhaltenen Instruktionen zufolge nachgeben. Der Polizeipräsident würde sich nach dem Minister richten. Der amerikanische Botschafter war keineswegs überzeugt, aber vielleicht würde er sich aus diplomatischen Erwägungen einer neuerlichen Untersuchung widersetzen. Und der britische Konsul würde sich den beiden anderen anschließen.

Die Journalisten – überlegte Aristides –, die Journalisten konnten auch gewonnen werden.

Was Jessop und Leblanc betraf, so wußten sie offenbar alles. Das war klar. Aber ohne amtliche Unterstützung konnten sie nichts machen. Die Augen Aristides' wan-

147

derten weiter und begegneten den Augen eines Mannes, der ebenso alt war wie er selbst. Es waren kalte, unerbittliche Augen. Dieser Mann, das wußte er, war unbestechlich. Aber schließlich... Sein Gedankengang wurde durch die hohe, schwache Stimme Lord Alverstokes unterbrochen.

»Ich bin der Ansicht«, sagte diese Stimme, »daß wir uns mit der Abreise nicht allzusehr beeilen sollten. Denn hier liegt ein Fall vor, der näherer Untersuchung bedarf.«

»Wenn Sie sich dieser Mühe unterziehen wollen, Mylord –«, wandte sich Aristides mit einer graziösen Handbewegung an den alten Herrn. Dann fuhr er fort:

»Eine widersinnige Anklage, durch keinerlei Beweise unterstützt, ist erhoben worden...«

»...und die Beweise sind vorhanden!«

Dr. van Heidem fuhr in maßloser Überraschung herum. Einer der marokkanischen Diener war vorgetreten. Er war gut gewachsen, in gestickte Gewänder gehüllt und trug einen weißen Turban auf dem Kopf. Sein schwarzes Gesicht glänzte, denn es war mit Öl eingerieben. Die ganze Gesellschaft stand sprachlos, denn von den dicken Negerlippen klang eine ausgesprochen amerikanische Stimme.

»Beweise sind vorhanden«, sagte der Mann nochmals. »Hier stehe ich als erster Beweis, und es werden sich noch andere finden lassen. Diese Herren hier haben in Abrede gestellt, daß Andrew Peters, Torquil Ericsson, Mr. und Mrs. Betterton und Dr. Louis Barron hier seien. Das ist unrichtig. Sie sind *alle* hier – und ich spreche in ihrem Auftrag.«

Er näherte sich dem amerikanischen Botschafter.

»Sie werden mich in dieser Verkleidung kaum erkennen, Sir«, sagte er, »aber ich bin in der Tat Andrew Peters.«

Ein leises Zischen – das war alles, was man von Monsieur Aristides hörte. Dann sank er mit ausdrucksloser Miene in seinen Sessel zurück.

»Es sind hier eine Menge Leute verborgen«, fuhr Peters fort, »Schwartz aus München ist hier, Helga Needheim, die englischen Gelehrten Jeffreys und Davidson, der Amerikaner Paul Wade, die Italiener Ricochetti und Bianco und auch Murchison. Sie alle sind hier in diesem Hause. Es hat ein System von Geheimgängen und -türen, die von Uneingeweihten nicht entdeckt werden können. Dann gibt es noch ein ganzes Netz von geheimen Laboratorien, die direkt in den Felsen eingehauen sind.«

»Unglaublich!« rief der amerikanische Botschafter. Er musterte die würdevolle Gestalt des Afrikaners und fing dann an zu lachen.

»Ich kann Sie immer noch nicht erkennen«, sagte er.

»Das kommt von der Paraffineinspritzung in die Lippen, Sir, nicht zu reden von der schwarzen Schminke.«

»Wenn Sie wirklich Peters sind, unter welcher Nummer sind Sie beim FBI eingetragen?« fragte Jessop.

»813 471, Sir.«

»Stimmt. Und die Anfangsbuchstaben aller Ihrer Vornamen?«

»B. A. P. G., Sir.«

»Dann ist dieser Mann Peters«, sagte der Botschafter und sah den Minister an.

Der räusperte sich indigniert.

»Sie behaupten also«, wandte er sich an Peters, »daß man hier Leute gegen ihren Willen festhält?«

»Einige sind aus freiem Willen hier, Exzellenz, und einige nicht.«

»Wenn die Sache so ist«, sagte der Minister, »dann sind genaue Feststellungen notwendig.«

»Einen Augenblick«, Monsieur Aristides hob die Hand. »Es scheint mir«, sagte er liebenswürdig, aber mit Festigkeit, »daß mein Vertrauen hier gröblich mißbraucht worden ist.« Sein kalter Blick schweifte von Dr. van Heidem zu dem Direktor. Es lag ein unerbittlicher Befehl in diesem Blick. »Was Sie sich da erlaubt haben, aus eigener Machtvollkommenheit, meine Herren, und in Ihrer Begeisterung für die Wissenschaft, ist mir noch nicht ganz klar. Nach meinem Willen sollte diese Schöpfung allein den Interessen der Forschung dienen. Wie dieser Gedan-

149

ke hier im einzelnen zur Ausführung gebracht und dabei verfälscht wurde, davon hatte ich bis eben keine Kenntnis. Ich möchte Ihnen den Rat geben, Herr Direktor, daß Sie sofort diejenigen vorführen, von denen man glaubt, daß sie auf ungesetzliche Weise hier festgehalten werden.«

»Aber Monsieur, das ist unmöglich – das kann doch nicht Ihr Ernst sein. Bedenken Sie doch –«

»Ich wünsche die sofortige Aufklärung der Angelegenheit«, unterbrach ihn Aristides.

Der souveräne Blick des großen Finanzmannes schweifte über seine Gäste hin.

»Ich kann Ihnen aufs bestimmteste versichern, meine Herren«, sagte er, »daß ich an irgendeiner ungesetzlichen Handlung innerhalb dieser Kolonie nicht beteiligt bin.«

Dies war ein Befehl, und er wurde verstanden, denn Aristides war reich und mächtig. Monsieur Aristides, eine weltbekannte Gestalt, durfte nicht in diese Sache hineingezogen werden. Sollte er ruhig mit einem blauen Auge davonkommen, seine Absicht war zumindest durchkreuzt worden. Aristides war ohnehin durch keinen Fehlschlag zu entmutigen. War ihm dergleichen im Laufe seines Lebens nicht öfter passiert? Er hatte es stets mit philosophischer Ruhe hingenommen und sich zum nächsten Schlag vorbereitet. Jetzt breitete er mit theatralischer Geste die Hände aus und sagte:

»Ich wasche meine Hände in Unschuld.«

Der Polizeipräsident wußte nun, was er zu tun hatte, und er wollte mit voller Amtsgewalt vorgehen.

»Keine Floskeln mehr, bitte«, sagte es, »es ist meine Pflicht, alles ohne Ansehen zu untersuchen.«

Der leichenblasse Dr. van Heidem trat auf ihn zu. »Bitte kommen Sie mit mir«, sagte er, »ich werde Ihnen unsere Sonderabteilung zeigen.«

»Ich bin wie aus einem bösen Alptraum erwacht.« Sylvia stieß einen Seufzer der Erleichterung aus und faltete die Hände hinter dem Kopf. Sie saßen auf der Terrasse eines Hotels in Tanger, wo sie am Morgen mit dem Flugzeug angekommen waren.

»Haben wir das alles wirklich erlebt?« fragte sie. »Ich kann's immer noch nicht fassen.«

»Schließlich ist doch alles gutgegangen«, sagte Thomas Betterton, »aber ich muß dir beistimmen, es war ein böser Traum.«

Die Terrasse entlang kam Jessop.

»Wo ist Andy Peters?« fragte Sylvia.

»Er wird bald hier sein«, antwortete Jessop, »er hat noch eine Angelegenheit zu erledigen.«

»So war also Peters einer der Unsrigen«, sagte Sylvia, »und er hat die Sache mit dem phosphorgetränkten Handschuh gemacht und all die anderen Tricks?«

»Nun«, sagte Jessop, »genaugenommen ist er keiner von meinen Leuten. Er steht im Dienst der USA.«

»Das haben Sie also gemeint, als Sie sagten, ich würde hoffentlich immer beschützt sein, sobald ich Tom erreicht hätte? Sie meinten Andy Peters?«

Jessop nickte. »Hoffentlich zürnen Sie mir nun nicht mehr«, sagte er mit seiner feierlichsten Miene, »daß ich Sie von gewissen Entschlüssen zurückgehalten habe?«

Sylvia machte ein verblüfftes Gesicht. »Von welchen Entschlüssen?«

»Daß ich Sie nicht dem ursprünglich gewünschten Ende überlassen habe!«

»Was für ein Ende?« fragte Sylvia immer noch verständnislos.

»Nun, wir fürchteten doch, daß Ihre Reise ein Ende mit Schrecken nehmen könnte, daß sie eine Art Selbstmordunternehmen wäre.«

»Ach so!« Sie schüttelte ungläubig den Kopf, »das ist ebenso vorbei wie alles andere. Ich bin so lange Olivia

Betterton gewesen, daß ich mich noch gar nicht damit abgefunden habe, wieder Sylvia Craven zu sein.«

»Ah«, rief Jessop, »dort kommt mein Freund Leblanc. Ich muß ein paar Worte mit ihm sprechen.« Er erhob sich und ging auf ihn zu.

In diesem Augenblick sagte Tom Betterton rasch:

»Willst du mir noch einen Gefallen tun, Olivia? Ich nenne dich immer noch Olivia – ich bin so daran gewöhnt.«

»Ja, natürlich. Worum handelt es sich denn?«

»Geh mit mir die Terrasse in entgegengesetzter Richtung entlang, dann kehre wieder hierher zurück und sage, ich hätte mich in mein Zimmer zurückgezogen, um auszuruhen.«

Sie sah ihn fragend an. »Warum denn? Fühlst du dich nicht wohl?«

»Jetzt, wo alles gut ausgegangen ist, will ich mich wieder verkrümeln, meine Liebe.«

»Aber wohin denn?«

»Irgendwohin.«

»Aber warum, um Himmels willen?«

»Denke ein wenig nach, Olivia. Dieses Tanger ist ein angenehmer Ort und der Gerichtsbarkeit keines Landes unterworfen. Aber ich weiß genau, was passieren wird, wenn ich mit euch nach Gibraltar komme. Dort verhaften sie mich vom Fleck weg.«

Sylvia sah ihn traurig an. In der Aufregung der Abreise von der Kolonie hatte sie seine persönlichen Probleme ganz vergessen.

»Du meinst, wegen der Preisgabe von Forschungsgeheimnissen, oder wie man das nennt. Aber wohin willst du flüchten?«

»Das habe ich dir doch schon gesagt: irgendwohin.«

»Aber ist das durchführbar? Da gibt's doch alle möglichen Paß- und Geldschwierigkeiten.«

Er lachte kurz auf. »Das Geldproblem ist gelöst. Das Geld ist sicher deponiert, und ich kann es unter einem anderen Namen abheben.«

»So hast du also doch Geld dafür genommen?«

»Natürlich habe ich das getan.«

»Sie werden dich aufspüren, wo du auch bist.«

»Das wird schwer sein. Versteh doch, Olivia, mein jetziges Aussehen stimmt mit meinen früheren Fotos nicht überein. Deshalb war ich doch so versessen auf die Gesichtsplastik. Das war die Hauptsache. Mit meinem veränderten Aussehen bin ich sicher auf Lebenszeit.«

Sylvia sah ihn forschend an.

»Und wenn du nun nicht recht hast?« sagte sie. »Nein, du hast sicher nicht recht. Es wäre viel besser, du würdest dich stellen und die Strafe auf dich nehmen. Außerdem leben wir ja nicht in Kriegszeiten. Sicher würdest du nur eine kurze Gefängnisstrafe absitzen müssen. Das wäre doch besser, als lebenslänglich herumgejagt zu werden.«

»Das verstehst du nicht«, sagte er, »du weißt nicht den Hauptgrund. Komm, gehen wir. Es ist keine Zeit zu verlieren.«

»Aber wie willst du denn von Tanger wegkommen?«

»Das laß meine Sorge sein. Zerbrich dir nicht den Kopf darüber.«

Sie erhoben sich und wandelten langsam die Terrasse entlang. Auf merkwürdige Weise fühlte sie sich unsicher und gehemmt. Sie hatte doch ihre Verpflichtung gegenüber Jessop und der toten Olivia Betterton erfüllt. Es war doch alles in Ordnung. Sie und Thomas Betterton hatten wochenlang in der engsten Gemeinschaft miteinander gelebt, und doch waren sie sich vollkommen fremd geblieben. Kein freundschaftliches Band hielt sie zusammen. Sie hatten nun das Ende der Terrasse erreicht. Ein kleines Tor war hier in die Seitenwand gebrochen, das auf einen engen Weg hinausführte, der sich zum Hafen hinunterschlängelte.

»Da werde ich hinausgehen«, sagte Betterton, »niemand achtet auf uns. Also leb wohl.«

»Glück auf den Weg«, erwiderte Sylvia langsam und leise. Sie blickte Betterton nach, wie er auf das Tor zuging und die Klinke niederdrückte. Aber als die Tür aufging, trat er plötzlich einen Schritt zurück und blieb entsetzt stehen. In dem Torweg standen drei Männer. Zwei von ihnen traten auf ihn zu, und der erste sagte in amtlichem Ton:

»Thomas Betterton, ich habe einen Haftbefehl gegen Sie. Sie werden hier in Gewahrsam gehalten, bis die Auslieferungsformalitäten mit den Staaten erledigt sind.«

Betterton wandte sich zur Flucht, aber der andere Mann hatte seine Absicht erraten und trat nun schnell an Bettertons Seite. Da drehte dieser sich lachend wieder um.

»Das ist alles ganz schön und gut«, sagte er, »bis auf den Umstand, daß ich gar nicht Thomas Betterton bin.«

Aber da kam der dritte Mann heraus, der sich bisher im Hintergrund gehalten hatte, und stellte sich an die Seite der zwei anderen.

»Sie sind Thomas Betterton«, sagte er, »wetten wir?«

Betterton lachte abermals.

»Weil Sie die vergangenen Monate in meiner Nähe gelebt und gehört haben, daß man mich Thomas Betterton nannte, glauben Sie, ich sei es wirklich. Aber ich bin es nicht, Mr. Peters. Ich traf Betterton in Paris und ging an seiner Stelle in die Leprakolonie. Fragen Sie diese Dame hier, wenn Sie mir nicht glauben, Sie kam in die Kolonie, um mein Leben zu teilen, und gab vor, meine Frau zu sein, und ich erkannte sie als meine Frau an. Ist es nicht so gewesen?«

Sylvia nickte.

»Und weil ich nicht Betterton war, hatte ich diese Frau natürlich noch nie in meinem Leben gesehen. Ich hielt sie tatsächlich für Bettertons Frau und mußte irgendein Märchen erfinden, damit sie mir glaubte. Dies ist der wahre Tatbestand.«

»Deshalb also haben Sie vorgegeben, mich zu kennen, und deshalb verlangten Sie von mir, ich sollte die Täuschung aufrechterhalten.«

Betterton nickte. »Ich bin nicht Betterton«, sagte er, »betrachten Sie doch die Fotos vom wirklichen Betterton, und Sie werden erkennen, daß ich die Wahrheit sage.«

Jetzt trat Peters auf ihn zu. Seine Stimme war kalt und erbarmungslos, sie glich nicht im mindesten der Stimme, die Sylvia so gut kannte.

»Ich sah die Fotos von Betterton«, sagte er, »und ich gebe zu, daß man Sie nach diesen Bildern nicht erkennen konnte. Aber Sie sind trotzdem Thomas Betterton, und ich werde es beweisen.«

Und mit einem heftigen Ruck riß er Bettertons Rock auf.

»Sie sind Thomas Betterton«, sagte er. »In der Beuge Ihres rechten Armes muß sich eine Narbe in Form eines Z befinden.«

Und gleichzeitig riß er ihm auch das Hemd auf und bog seinen Arm nach rückwärts.

»Hier ist sie«, sagte er triumphierend und deutete auf die Narbe. »In Amerika gibt es zwei Laborgehilfen, die ihr Vorhandensein bezeugen können. Ich weiß davon, denn Elsa schrieb mir damals, wie es geschah.«

»Elsa?« stotterte Betterton und starrte ihn mit gläsernem Blick an. »Was ist mit Elsa?« Und ein nervöses Zittern lief durch seinen Körper.

»Interessiert es Sie gar nicht, wessen man Sie bezichtigt?«

Der eine der beiden Polizeibeamten trat wieder vor. »Die Anklage lautet auf Mord«, sagte er. »Sie haben Ihre Frau, Elsa Betterton-Mannheim, ermordet.«

22

»Es tut mir furchtbar leid, Olivia, glauben Sie mir das. Um Ihretwillen hätte ich ihm gern einen Ausweg offengelassen. Ich sagte Ihnen doch einmal, daß es für ihn besser wäre, in der Gemeinschaft zu bleiben, obwohl ich vorher die halbe Welt durchstreift habe, um ihn zu finden und Rache an ihm zu nehmen für das, was er an Elsa verbrochen hatte.«

»Ich verstehe nichts von dem, was Sie da sagen. Wer sind Sie eigentlich, Peters?«

»Ich dachte, Sie wüßten das. Ich bin Boris Glyn, Elsas Vetter. Ich wurde aus Polen zur Vervollkommnung meiner Studien auf eine amerikanische Universität geschickt. Und mein Onkel Mannheim riet mir angesichts der allgemeinen Lage in Europa, die amerikanische Staatsbürgerschaft zu erwerben. Daher nannte ich mich Andrew Peters. Als der Krieg ausbrach, ging ich nach Europa zurück und schloß mich der polnischen Widerstandsbewegung an. Ich brachte meinen Onkel und Elsa aus Polen raus, und sie gingen nach Amerika. Elsa – von ihr habe ich Ihnen ja schon erzählt. Sie war eine der bedeutendsten Wissenschaftlerinnen. Elsa war es, die die ZE-Spaltung entdeckte. Betterton, ein junger Kanadier, war damals Mannheims Assistent. Er verstand seine Sache, war aber durchaus nicht genial. Er verstand es, Elsa in sich verliebt zu machen, und heuchelte Zuneigung, die er keineswegs empfand. Denn er wollte nur deswegen in enger Gemeinschaft mit ihr leben, um aus ihrem wissenschaftlichen Werk Nutzen zu ziehen. Und so heirateten sie. Als dann Betterton erkannte, daß die Entdeckung, an der Elsa arbeitete, die ZE-Spaltung, etwas ganz Großes war, vergiftete er sie mit Vorbedacht.

Zu jener Zeit hatte man keinerlei Verdacht. Betterton schien ganz gebrochen vor Schmerz und vergrub sich in seine Arbeit. Dann veröffentlichte er die ZE-Spaltung unter seinem eigenen Namen. Sein Ziel war damit erreicht: Er wurde berühmt und galt als einer der bedeutendsten Kernphysiker. Er hielt es aber für zweckmäßig, Amerika den Rücken zu kehren und nach England zu gehen. Dort arbeitete er in der Atomforschungszentrale Harwell weiter.

Nach Kriegsende hatte ich noch längere Zeit in Europa zu tun. Da ich gute deutsche, polnische und russische Sprachkenntnisse habe, wurden mir mancherlei Aufträge zuteil. Doch unablässig beschäftigte mich der letzte Brief, den mir Elsa vor ihrem Tod geschrieben hatte. Die

Krankheit, an der sie gestorben war, kam mir rätselhaft vor. Als ich endlich wieder in die Vereinigten Staaten zurückkehrte, begann ich die Sache zu untersuchen. Ich will nicht weiter auseinandersetzen, wie ich vorging, sondern nur noch erwähnen, daß Elsas Leiche schließlich exhumiert wurde. Nun befand sich aber ein junger Mensch bei Gericht, der seinerzeit mit Betterton eng befreundet gewesen war. Gerade um diese Zeit unternahm er eine Reise nach Europa, und ich nehme an, daß er Betterton besucht und ihm gegenüber die Exhumierung erwähnt hat. Betterton bekam plötzlich Angst. Möglicherweise hatten sich ihm schon damals die Unterhändler unseres Freundes Aristides genähert. So schlug er diesen Ausweg ein und versteckte sich in der Leprakolonie, um seiner Verhaftung und Aburteilung zu entgehen. Eine Gesichtsplastik sollte es unmöglich machen, ihn je zu identifizieren. Daß er bei Aristides in eine andere Art von Gefangenschaft geriet, schockierte ihn. Außerdem befand er sich in einer mißlichen Lage, denn er war absolut nicht fähig, auf wissenschaftlichem Gebiet das zu leisten, was man von ihm erwartete – er war nie und nimmer ein schöpferischer Geist.«

»Und dann sind Sie ihm gefolgt?« fragte Sylvia in atemloser Erwartung.

»Ja. Als die Zeitungen von dem aufsehenerregenden Verschwinden des Kernphysikers Thomas Betterton berichteten, begab ich mich nach England. Da ich Polnisch spreche, war es für mich nicht schwer, mit Typen in Kontakt zu kommen, die als geheime Verbindungsleute zur Volksrepublik Polen fungierten. Bei ihnen erkundigte ich mich nach Betterton, wobei ich meine angeblich kommunistische Gesinnung durchblicken ließ, denn ich glaubte ja, er sei hinter dem Eisernen Vorhang verschwunden, wo man ihn nicht hätte erreichen können. Nun, und wenn auch niemand auf der ganzen Welt ihn erreichte, *ich* würde ihn erreichen.« Peters lächelte grimmig. »Elsa war nicht nur eine geniale Kernphysikerin, sondern auch eine schöne und liebenswerte Frau. Sie wurde ermordet und beraubt von dem Mann, den sie liebte und dem sie vertraute. Wenn nötig, hätte ich Betterton dafür mit meinen eigenen Händen erwürgt.«

»Ach, jetzt wird mir alles klar«, stammelte Sylvia.

»Als ich nach England kam, schrieb ich Ihnen. Das heißt, ich schrieb Ihnen unter meinem polnischen Namen und enthüllte Ihnen alles.« Er sah sie forschend an. »Ich muß annehmen, daß Sie mir nicht glaubten, denn Sie haben mir nie geantwortet.« Er zuckte die Achseln. »So wandte ich mich an die Geheimpolizei. Ich spielte dort den steifen und korrekten Offizier. Damals mißtraute ich jedem Menschen. Aber zuletzt schloß ich mich doch Jessop an. Und heute morgen habe ich die mir gestellte Aufgabe zu Ende geführt. Man wird Betterton an Amerika ausliefern und ihm dort den Prozeß machen. Wird er freigesprochen, so kann ich nichts dagegen tun. Aber«, setzte er mit bösem Lächeln hinzu, »er wird nicht freigesprochen werden, da bin ich sicher.«

Er schwieg und starrte in den sonnenbeleuchteten Garten hinunter.

»Das Scheußliche an der Sache ist«, begann er von neuem, »daß Sie zu ihm kamen, daß ich Sie traf und daß ich mich in Sie verlieben mußte. Es war für mich die Hölle, Olivia, das dürfen Sie mir glauben. Denn es ist nun einmal so: Ich bin die Ursache, daß Ihr Mann womöglich auf den elektrischen Stuhl geschickt wird. Darüber können wir nicht hinwegkommen. Das werden Sie mir nie verzeihen, und ich respektiere das.«

Er stand auf. »So, nun habe ich Ihnen alles gesagt. Ich wollte, daß Sie es aus meinem Mund hören. Und nun leben Sie wohl.«

Aber als er sich ungestüm zum Gehen wandte, streckte Sylvia die Hand nach ihm aus.

»Warten Sie«, sagte sie hastig, »warten Sie einen Augenblick. Da ist noch etwas, daß Sie nicht wissen: Ich bin nie Bettertons Frau gewesen. Seine zweite Frau, Olivia Betterton, starb in Casablanca. Jessop überredete mich dazu, ihre Stelle einzunehmen.«

Er sah sie starr an. »Sie sind nicht Olivia Betterton?«
»Nein, die ist bei dem Flugzeugunglück umgekommen.«
»Mein Gott«, rief Andy Peters , »mein Gott!» Er sank
schwer in einen Sessel. »Olivia, mein Liebling!«
»Nennen Sie mich nicht mehr Olivia. Ich heiße Sylvia.
Sylvia Craven.«
»Sylvia?« sagte er ungläubig, »daran muß ich mich erst
gewöhnen.« Und mit zärtlichem Druck nahm er ihre
Hand in die seine.

Am anderen Ende der Terrasse diskutierte Jessop mit
Leblanc über verschiedene technische Einzelheiten, die
sich auf den Fall Betterton bezogen. Aber plötzlich brach
er mitten in einem Satz ab.
»Sehen Sie mal dorthin, Leblanc«, sagte er freudig überrascht.
Leblanc fuhr unbeeindruckt fort: »Sind Sie nicht auch der
Meinung, daß wir gegen dieses Ungeheuer Aristides
nicht vorgehen können?«
»Nein, das können wir nicht, da haben Sie recht. Die
Aristidesse sind unangreifbar. Die verstehen es, sich
überall herauszuwinden. Aber er hat eine Masse Geld
verloren, und das wurmt ihn sehr. Und auch für einen
Aristides ist kein Kraut gegen den Tod gewachsen. Viel-
leicht muß er sich seinem höchsten Richter früher verant-
worten, als er glaubt.«
»Aber was war es denn, mein Freund, was vorhin so sehr
Ihre Aufmerksamkeit in Anspruch nahm?«
»Die beiden dort«, sagte Jessop. »Ich schickte Sylvia
Craven auf eine Reise mit unbekanntem Ziel, aber nun
scheint mir, daß diese Reise an einem sehr bekannten Ziel
ihr Ende nehmen wird.«

Der klassische Krimi

Bei Christie werden Nerven versteigert

Agatha Christies Geschichten sind die Kunst der Fuge, aber das Leitmotiv ist
«Fuchs, du hast die Gans gestohlen».
Peter Ustinov

jeder Band
400 Seiten

Wer freut sich nicht auf ein paar «gemütliche» Stunden…

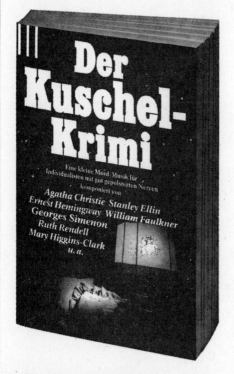

400 Seiten / Paperback

Dieser Band entsorgt jeden Fernseher und bietet eine geballte Ladung Kurzweil, die vergessen läßt, was die Stunde geschlagen hat.

007 Ian Fleming
JAMES BOND

Als Scherz-action-Krimi erhältlich:

- Dr. No
- Der goldene Colt
- Casino Royale
- Countdown für die Ewigkeit
- Diamantenfieber
- Du lebst nur zweimal
- Goldfinger
- Im Dienste Ihrer Majestät
- Leben und sterben lassen
- Liebesgrüße aus Athen
- Liebesgrüße aus Moskau
- Mondblitz
- Im Angesicht des Todes
- Sag niemals nie
- Der Spion, der mich liebte
- Der Hauch des Todes

«Meisterhaft geschrieben.»
Raymond Chandler

Scherz-action-Krimis und **Scherz-Krimis**
finden Sie in Ihrer Buchhandlung

SCHERZ VERLAG
Bern — München — Wien